Luis Benítez

Amores trágicos

Las más dramáticas relaciones amorosas de la historia

Colección *Filo y contrafilo* dirigida por
Adrián Rimondino y Enzo Maqueira.

Amores trágicos
es editado por
EDICIONES LEA S.A.
Av. Dorrego 330 C1414CJQ
Ciudad de Buenos Aires, Argentina.
E-mail: info@edicioneslea.com
Web: www.edicioneslea.com

ISBN 978-987-718-164-7

Queda hecho el depósito que establece la Ley 11.723.

Primera edición.
Impreso en Argentina.
Septiembre de 2014-Arcángel Maggio-División Libros.

Benítez, Luis
Amores trágicos : las más dramáticas relaciones amorosas de la historia
. - 1a ed. - Ciudad Autónoma de Buenos Aires : Ediciones Lea, 2014.
192 p. ; 23x15 cm. - (Filo y contrafilo; 35)

ISBN 978-987-718-164-7

1. Historia Universal.
CDD 909

Luis Benítez

Amores trágicos

Las más dramáticas relaciones amorosas de la historia

Para mis queridos amigos,
los autores Alejandra Ferrazza y Omar Villasana.

Introducción

No siempre las historias de amor terminan bien. Aunque no se lleve una estadística concreta, buena parte de ellas tienen un mal final, que en ocasiones hasta puede ser el escenario más desdichado de una tragedia, un drama que puede afectar letalmente a una de las partes de la pareja o a ambas.

Esta es una reseña de aquellas historias de amor que, a través de la historia, han tenido un término nefasto. Son muy famosas, pero habitualmente conocemos las líneas generales de las circunstancias, la época, la personalidad de cada uno de los amantes. Aquí particularizamos y tratamos de mostrar qué hechos y qué acciones previas desencadenaron su trágico final.

Así, en primer término y siguiendo un orden cronológico, nos referimos a uno de los romances más célebres de la Antigüedad, el vivido y sufrido por Cleopatra, reina de Egipto, y su amante, el ambicioso militar y político romano Marco Antonio, sucesor en las preferencias de la formidable y bella monarca del país de las pirámides, de otro personaje no menos famoso: el gran Julio César. No siempre el poder incluye la felicidad y tanto uno como la otra pueden perderse en el mar de la política, llevándose nuestras vidas con ellos. A continuación damos un salto en el tiempo, desde el siglo primero antes de Cristo a la convulsionada Europa del Renacimiento, cuando las monarquías entregaban a sus hijas en pro de alianzas militares, políticas y económicas que les brindaran más y más poderío... Una de esas alianzas por conveniencia coincidió con el amor, pero el exceso de amor también mata el alma. Es la historia de Juana, reina de Castilla, y su esposo, Felipe de Flandes, conocido como El Hermoso. La inesperada muerte del esposo transforma a Juana en una demente irreversible, sumiendo su espíritu en la más negra oscuridad durante décadas.

De allí nos vamos a Inglaterra, un siglo después de la historia anterior, donde un joven que quería ser un famoso dramaturgo escucha de labios de un autor consagrado una historia relacionada con dos desgraciados amantes italianos. El joven ambicioso de gloria es William Shakespeare y de aquel relato –que implicaba un desafío a sus capacidades para convertir un simple cuento popular en una obra de arte– surgiría uno de los dramas amorosos más célebres de la historia: el de Romeo y Julieta. Nuestro viaje en el tiempo no se detiene aquí, sino que nos acercamos más a nuestra época con la trágica vida de la emperatriz Sissi de Baviera y su relación con Francisco José, uno de los hombres más poderosos de entonces, cuando en el siglo XIX ni siquiera los monarcas estaban a salvo de perderlo todo, inclusive la vida.

El Nuevo Mundo es tierra de nuevos dramas, algunos de ellos bien relacionados con las épocas de las grandes guerras por la independencia. Un ejemplo de ello es la apasionada y corta vida del glorioso libertador Simón Bolívar y su fiel amante, Manuela Sáenz. Nuevamente en Europa, recorremos con el genial compositor polaco Frédéric Chopin toda la escala que lleva de la pasión al drama, de la mano de su extravagante y talentosa compañera, oculta bajo ropas de hombre y usando el seudónimo de George Sand. Una historia que escandalizó y también emocionó a cuantos la conocieron, del mismo modo que, años después, sucedió con otros dos artistas que unieron sus vidas y juntos fueron hacia la muerte, en las más trágicas circunstancias: Amedeo Modigliani y su esposa, Jeanne Hébuterne.

La América del Norte de los años treinta, signados por los estragos de la gran depresión económica, fue el ambiente propicio para que una pareja famosa recorriera bancos y escondites entre abrazos, besos y crímenes: Bonnie & Clyde, como los conocemos, nacerían juntos a la celebridad y juntos entrarían en la muerte. Mientras tanto, a kilómetros de donde se desarrolló el drama del célebre dúo de pistoleros estadounidenses, dos artistas se verían unidos por el talento, la pasión y los celos: Frida Kahlo y Diego Rivera, mientras que en Europa se iba gestando una de las mayores tragedias colectivas de toda la historia occidental. Su origen fue la locura y el loco un cabo del ejército alemán que no ascendió más en el escalafón castrense, en los comienzos de su carrera militar, porque irónicamente sus superiores no le encontraban "dotes para el mando". Su nombre era Adolf Hitler y su compañera hasta el final fue Eva Braun.

Pasada la Segunda Guerra Mundial, el *glamour*, la riqueza y la fama internacional demuestran no ser ninguna garantía contra la adversidad a través de dos historias similares pero diferentes: las del príncipe Rainiero de Mónaco y Grace Kelly, por una parte, y años después la de Lady Di y su desgraciado amante, el magnate egipcio Dodi Al-Fayed.

Sin duda la historia que vendrá nos traerá más instancias de amores que culminaron en tragedia, pero hasta hoy, las que siguen son las más famosas y, también, las más desgraciadas.

Luis Benítez

Cleopatra y Marco Antonio

El insomnio de Augusto

Cayo Julio César Augusto, para el pueblo romano, sus amigos y también sus enemigos, sencillamente Augusto, el primero de todos los Césares, el emperador, el hombre más poderoso de su época, la única cabeza del *mayor* imperio de la Antigüedad, estaba seguro de que esa mujer, la "prostituta egipcia", como él la llamaba, iba a perjudicarlo de una manera u otra.

Vencida, sin ejército ni flota bélica, enfrentando en su propio país un desorden que apenas podía controlar, viuda, solamente le quedaba como alternativa arrodillarse ante él y suplicar, suplicar durante días y noches que el gran Augusto la perdonara a ella y a sus hijos. Debía, por supuesto, desfilar como esclava en la procesión triunfal con la que las tropas imperiales harían su entrada en Roma la grande, Roma la eterna. Descalza –un símbolo más de su humillación– con su hijo menor en brazos y los otros tomados de su falda, una falda común, luciendo unas ropas inferiores que testimoniaran la caída de quien osara, en compañía de un traidor como el antiguo cuñado de Augusto, el infeliz Marco Antonio, el muerto y sepultado Marco Antonio, rebelarse contra el poder absoluto de Roma. Y Roma era él, Augusto.

Roma, o sea Augusto, esperaba desde hacía varios días noticias venidas de Alejandría, la capital de Egipto, el imperio vencido por las victoriosas legiones. Augusto las esperaba en aquel palacio, muy lejos de donde había comenzado su mayor fortuna, en la puerta de la curia del teatro pompeyano, en Roma. Allí donde catorce años antes, el 14 de marzo del 44 antes de Cristo, una conjura había acabado para siempre con la vida y las ambiciones de su famoso tío abuelo, Cayo Julio César, y había comenzado la gloria y la elevación al poder máximo de Augusto, no sin que la sangre corriera abundantemente en muchas direcciones.

Pero bien, allí estaba, él era y seguiría siendo el emperador... ¿Cómo una mujer, una miserable reina sin poder, iba a ser capaz de empañar siquiera su gloria? No le quedaba otra cosa que humillarse... Pero en su fuero interno, Augusto sospechaba que esa intrigante, esa inteligente y ambiciosa reina vencida, le tenía preparada alguna buena trastada. Por esa causa había enviado a una comitiva especial, al mando de su mejor general en Egipto, con la orden de traerla encadenada a su presencia, para exhibirla luego ante la vergüenza pública. Desde las ventanas de ese mismo palacio donde no podía conciliar el sueño, Augusto soñaba con verla pasar descalza y andrajosa, mientras la multitud le arrojaba desperdicios, escupidas e insultos. Luego, por supuesto, la haría ejecutar, a ella y a sus hijos, para mejor escarmiento de cualquiera que se rebelase ante su poder en el futuro. Pero primero ella tenía que suplicar. Ella, Cleopatra.

Fuera de la lujosa cámara que ocupaba Augusto, a las puertas mismas de su aposento, una docena de escogidos legionarios, al mando de un oficial de confianza, velaban por el sueño imposible del emperador: ni siquiera en sus mismos palacios los césares estaban demasiado seguros y toda precaución era poca.

De un momento a otro, Augusto esperaba escuchar veloces pisadas sobre los pisos de mármol de aquel palacio, agitación, voces, el ruido de las armas de los guardias en movimiento, la entrada del oficial que los mandaba anunciando lo tan esperado: que Cleopatra, la viuda del traidor Marco Antonio, era conducida engrillada y en una jaula hacia donde él la esperaba, antes de que la hiciera conocer los calabozos de Roma. Que Cleopatra ya estaba allí; que Cleopatra pedía humildemente una entrevista con el emperador, para suplicar por su vida y la de sus hijos. Pero nada de ese alboroto se escuchaba en el palacio silencioso. Ese silencio era lo que no dejaba dormir a Augusto.

Él lo sabía todo sobre ella, pero le temía como a una desconocida. En los archivos imperiales, rollos y rollos de los informes de sus espías detallaban cada paso, cada gesto, cada palabra de Cleopatra en los últimos catorce años y mucho antes también, desde el día mismo de su nacimiento. Pocas personas en todo el mundo de la época sabían tanto como Augusto sobre la terrible reina de Egipto, Cleopatra VII Filopator, pero de todas formas él seguía temiendo lo peor, una sorpresa, una jugada impensada como alguna de aquellas que esa endiablada mujer le había jugado ya varias veces al imperio.

Convencido de que esa noche tampoco lograría dormir, desde su ventana el hombre más poderoso del mundo contempló las calles vacías de esa ciudad imponente, la que lo obedecía por dinero, por terror o por ambición, silenciosas y vacías, y se resignó a seguir esperando, mientras repasaba mentalmente cuanto sabía sobre Cleopatra y su infeliz amante, Marco Antonio, quien alguna vez soñó con hacerse del poder y, naturalmente, lo único que había conseguido había sido una tumba en Egipto, al comienzo de ese mismo mes de agosto del año 30 antes de Cristo, apenas tres semanas antes de esa noche de vigilia imperial.

Una niña singular, un princesa indefensa

Cleopatra V Trifena y su esposo Ptolomeo XII Auletes esperaban un hijo en el año 68 a.C., un varón que se sentara en el trono de los faraones como todos los de su estirpe antes de él. Un varón que repintara los blasones del linaje Ptolomeo y llevara al país a una nueva etapa de gloria, como lo había hecho siglos antes del primer Ptolomeo en el trono, un general de Alejandro Magno a quien le tocó en suerte el trono egipcio en la repartija que se hizo del imperio macedonio a la muerte, la sospechosa y temprana muerte de aquel magnífico conquistador.

Su estirpe, entonces, era macedonia-griega en vez de egipcia y llevaba más de un cuarto de milenio en el poder. Para un mundo como el egipcio, que existía desde el año 3100 a. C., ese prolongado período no significaba casi nada y mucho menos si ellos eran descendientes de extranjeros, usurpadores del trono para cuantos soñaban con restaurar en el poder a los que, suponían, eran los legítimos herederos... un faraón de piel oscura, que hablara la lengua egipcia, que venerara a los antiguos dioses, en vez de esos parientes de los conquistadores de piel clara, rubios o pelirrojos, de ojos azules, que como todo el mundo sabía, despreciaban las tradiciones y las costumbres del país, que solamente fingían respetarlas por razones de mera política, que desdeñaban hasta hablar el idioma del imperio, prefiriendo el griego de sus antepasados a cualquier otro.

Un varón de mano firme y mente rápida, en el poder, salvaría el Egipto de los rubios Ptolomeos, pero... esa noche del año 68 antes de Cristo les nació una niña. Desolado, Ptolomeo XII se retiró durante días y días con sus generales, intentado mitigar con el vino de Tebas y la cacería de hipopótamos la desgracia que se había abatido sobre la casa real. Hasta pensó en repudiar a su esposa –quien era también su hermana, a fin de conservar la pureza racial de la casa imperial– y contraer nupcias con una princesa de la antigua estirpe real, pero uno de sus consejeros lo disuadió: aquella medida extrema solamente generaría más y más disturbios y hasta podía ser el prólogo de una rebelión mucho más seria. El peligro flotaba en el aire. Ya habían tenido los egipcios reinas –y reinas del linaje ptolemaico– y allí seguía la casa real, en el trono como hacía ya más de 250 años... Aunque las razones de su prudente consejero no terminaban de persuadir al monarca, éste decidió que no mandaría matar a su hija recién nacida, sino que intentaría nuevamente darle al trono un heredero varón, para después apelar a las medidas que fueran necesarias para que éste, a la edad adecuada, asumiera como faraón, en contra del derecho de su hija primogénita... Ya, entonces, se vería qué hacer. Por lo pronto y con toda pompa, el faraón volvió a su capital y proclamó oficialmente el nacimiento de la princesa Cleopatra VII, de momento, heredera del trono.

La niña creció mimada por la corte y casi abandonada por sus padres en un ala del palacio. La insistencia en brindarle un hermano no fructificaría sino cinco años después de su nacimiento, cuando vio la luz Ptolomeo XIII: Egipto ya tenía un heredero varón, para tranquilidad del faraón e inquietud de la reina madre, quien temía por la futura salud de su hija mayor. No se equivocaba la reina al temerle al porvenir...

El joven príncipe creció vigoroso y tenaz, haciéndose diestro en el manejo de las armas e iniciándose en los secretos de la alta política, a fin de que en el momento adecuado pudiera manejar los destinos de uno de los países más ricos de aquel tiempo, llamado "el granero del mundo" por sus feraces campos de trigo, cada año fertilizados por las crecidas del gran río Nilo... Pero una riqueza como aquella era siempre motivo de codicia por parte de sus vecinos más poderosos: Roma, la pujante Roma, la cercana Roma, era uno de ellos. Un príncipe egipcio debía ser un general formidable para enfrentar a las potencias extranjeras que solamente esperaban la ocasión propicia para apoderarse de su imperio.

En cuanto a Cleopatra, la hermana mayor, desde su más tierna infancia había dado muestras de una inteligencia poco común –la que, al parecer, le faltaba a su hermano el heredero– y de grandes cualidades para la diplomacia y el trato con sus súbditos: fue la única que se interesó en conocer la lengua egipcia, tan despreciada por sus padres y todos sus ancestros, hasta que aprendió a hablarla a la perfección. De la casa real, ella se convirtió en la única que podía hablarle a cualquier hombre o mujer del pueblo, soldado, sacerdote, general, en su propio idioma, para asombro de todos. Como era una princesa despreciada por sus propios padres, la severa etiqueta de palacio era con ella más relajada. Que una futura reina le dirigiera la palabra a uno que no fuera de su misma condición social era algo impensable, pero, tratándose de una pobre mujercita que jamás llegaría al trono... Fue así como, a medida que crecía y se desarrollaba en ella una fascinante belleza, su popularidad entre el ejército, el clero y el pueblo mismo iba creciendo a la par. Antes que ver esa popularidad como un peligro, su hermano y sus padres la entendieron como una ventaja, pues ya estaba decidido que la joven se casara con su hermano, el heredero real, y ello sumaría su popularidad al poder del faraón...

Primer encuentro con Marco Antonio

Pero nuevos y aun más terribles conflictos deberían antes ser superados: cuando Cleopatra contaba apenas nueve años de edad y su hermano cuatro, su tía, Berenice IV –quien también era su media hermana por parte de su padre– derrocó al faraón aprovechando que la rapaz Roma se había anexado Chipre y principió a reinar sobre Egipto con su hermana, Cleopatra VI. "Misteriosamente" apenas un año después, ésta murió y Berenice se quedó con la suma del poder público. Para sus medios hermanos y sobrinos, aquello podía ser fatal a breve plazo.... De hecho, exiliado su padre y muerta su madre, los hermanitos eran los únicos que podían disputarle a Berenice el poder cuando llegaran a la mayoría de edad o incluso antes. De momento y contando Berenice con el apoyo de los habitantes de Alejandría, era un paso muy riesgoso deshacerse enseguida de los príncipes. Debía seguirse una apariencia de legalidad, máxime cuando Roma, la potencia vecina, acechaba la oportunidad de dar el zarpazo sobre "el granero del mundo antiguo". La estrategia de la astuta Berenice fue apelar a Roma para ratificar su derecho al reinado; envió una comitiva de sus partidarios a la Ciudad Eterna para que el imperio respaldara su posición. Roma, por su parte, se decidió por ordenar a Berenice que se casara con un aliado romano para brindarle su apoyo: Seleuco VII Filométor, otro príncipe en desgracia, tan dependiente del efectivo poder militar de Roma como Berenice para conservar el trasero en el trono y la cabeza sobre los hombros.

A regañadientes, la feroz reina aceptó las condiciones impuestas por Roma... por una semana. Apenas siete días después de la boda el infeliz consorte pasó a mejor vida en sus mismos aposentos, estrangulado por orden de su flamante esposa. Furiosa Roma con el crimen, volvió a obligar a Berenice a contraer matrimonio, esa vez con un sacerdote de la diosa romana Belona, el insignificante Arquelao: la condición sacerdotal de éste se suponía que lo ponía al amparo de las intenciones criminales de su esposa, pues asesinar a un sacerdote del culto romano implicaría la excusa mejor para invadir finalmente Egipto y apoderarse de él.

Fastidiada, Berenice decidió esperar y no mandar estrangular a su segundo marido a la fuerza ni ahogar en el Nilo a sus sobrinos y medio hermanos, Cleopatra y Ptolomeo XIII... por algún tiempo, al menos. Por su parte, los romanos sospecharon pronto de los planes futuros de la reina y su nuevo marido, quienes mientras simulaban acatar las órdenes de Roma en calidad de regentes, confabulaban para rebelarse y abatir la autoridad romana, según bien lo informaban los espías destacados en la corte faraónica.

La espera le resultó fatal a la ambiciosa tía y hermana de Cleopatra: su padre, Ptolomeo XII, se las arregló en el exilio para hacerse del favor romano –pagando una elevadísima suma de dinero para ello– y volver a Egipto en compañía de algunas legiones y cuerpos de caballería provenientes de la provincia romana de Siria, deponer a su hija Berenice y luego mandarla decapitar. Antes de ello, el pobre diablo de Arquelao había muerto en combate contra los soldados enviados por Roma para respaldar al padre de Cleopatra. Aquel era el año 55 antes de Cristo.

Repuesto en el trono, Ptolomeo homenajeó servilmente a sus salvadores romanos, dando formidables banquetes y decretando varios días de fiesta en todo su recuperado reino. Libres –de momento, como siempre en Egipto– Cleopatra y su hermano pudieron asistir a esos festejos y allí, ella, una jovencita que prometía convertirse en la mujer más bella del imperio, conoció a un joven comandante de las fuerzas de caballería, ya famoso por su valor y su apostura –y por su poca inteligencia–, amado y respetado por subordinados y superiores: Marco Antonio, a la sazón de sólo veinticuatro años de edad. Cleopatra tenía entonces trece años y ya hablaba varias lenguas además de la egipcia, poseyendo una educación muy superior a la propia de las mujeres de su tiempo, inclusive aquellas que eran reinas y no apenas una princesa desvalida y careciente de todo poder e influencia en la corte de su padre.

¿El gallardo y popular general romano se fijó en ella? Nosotros no lo sabemos y Octavio Augusto tampoco conocía ese detalle, pues los informes de sus espías nada decían sobre aquel encuentro, fruto de las sangrientas luchas por el poder de esos tiempos. De todas formas, el destino de ella en apariencia tomaría un rumbo muy lejano de los brazos del victorioso general romano: una nueva revuelta popular derrocó a su padre, quien antes de morir en el 51 a. de C. dispuso que Cleopatra y su hermano se convirtieran en herederos efectivos del imperio egipcio –bajo la custodia de Roma, claro está– y que, como marcaba la costumbre, contrajeran enlace matrimonial. En apariencia, dijimos: los planes de Cleopatra, quien se hizo reina consorte a sus espléndidos dieciocho años, eran muy diferentes. Con el tiempo, Marco Antonio sería su gran amor y, además, su aliado más conveniente para intentar quitarse el yugo romano para siempre.

Una chica aparentemente sola, en un mundo de intrigas masculinas

El esposo de Cleopatra, su hermano Ptolomeo XIII, apenas tenía doce años cuando se casó con ella, siguiendo la costumbre de la casa real para que el poder no saliera del círculo familiar. Al convertirse en monarcas de Egipto, ello dejaba definitivamente fuera de cualquier aspiración posible al trono a su hermana menor Arsinoe, quien veremos que no por ello se resignó a su papel de mera princesa. Ambiciosa como cualquiera del grupo familiar, Arsinoe creyó ver llegada su oportunidad apenas dos años después de la subida al trono de sus hermanos mayores.

Un cambio en el ritmo de las crecidas del río Nilo deparó por entonces cosechas menos abundantes en el "granero del mundo antiguo"; un verdadero desastre, si tomamos en cuenta que Egipto, aunque no era nominalmente una provincia romana, sino un reino supuestamente independiente, era un fuerte tributario de Roma, debiendo cada año destinar buena parte de sus cosechas al pago de la protección romana. Una cantidad que no era de modo alguno negociable y que en el año 48 a. de C., el año del desastre, tuvo el trono egipcio que pagar como de costumbre. El previsible resultado fue que pagado el tributo, la cantidad de trigo disponible para darle de comer a los súbditos de Cleopatra y su hermano Ptolomeo no fue de modo alguno suficiente, cuando el pan era la base de la alimentación del pueblo. Mientras la hambruna crecía y crecía, la oportunidad no escapó a las miradas de algunos altos funcionarios que no veían con buenos ojos la dependencia de Roma, base del poder de Cleopatra y su marido y hermano: Potino, un eunuco de gran influencia en la corte; el general Aquilas, a cuyas órdenes estaba buena parte del ejército egipcio, y además el erudito Teodoto, decidieron que era momento de entrar en acción. Los tres conjurados hicieron saber a la princesa Arsinoe que la habían elegido como parte de su plan, que era bien sencillo: acabar con el poder de Cleopatra, quien manejaba a su capricho a su hermano y marido, liberarse del yugo romano con el apoyo del pueblo y del ejército, y preservar al faraón declarando nulo el matrimonio anterior para que Ptolomeo desposara a Arsinoe, convirtiéndola en reina de un Egipto independiente... donde tanto Potino como Aquilas y Teodoto serían las figuras políticas principales después de los monarcas. El joven rey no sería problema, pues así como Cleopatra tenía tanta influencia sobre él, también su maestro Teodoto, el general Aquilas y el eunuco Potino contaban con el favor del faraón adolescente y les sería fácil ganarlo para su causa haciendole entender que así, con la caída en desgracia de su hermana y esposa, mandaría él, conservaría el trono y, lo que era todavía más importante, la vida.

No hace falta decir que la joven y ambiciosa Arsinoe aceptó encantada la oportunidad de quitarle el trono y el marido a su hermana mayor y hasta impulsó la posibilidad de que, aprovechando la oportunidad, Cleopatra fuera degollada en su mismo palacio, a fin de que en el futuro no volviera a alzarse como una amenaza para el nuevo orden de cosas que se quería instaurar, con la ayuda que seguramente le daría Roma. El hábil Teodoto, mestro de la retórica, tuvo que apelar a sus mejores recursos para convencer a la temperamental Arsinoe de que aún debían esperar algunos meses antes de dar el golpe de Estado que preparaban y que no era necesario eliminar a la reina para hacerse del poder. Roma estaba envuelta en una guerra civil de incierto resultado y ello hacía que no pudiera auxiliar a Cleopatra, al emplear todos sus recursos militares para dirimir la pugna interna y, por otra parte, evitar cualquier invasión de otro Estado extranjero. Roma no iba a ayudar a Cleopatra, repetía el erudito conspirador, pero era necesario esperar a que la crisis romana se profundizara.

No muy ducha todavía en temas políticos, al menos no tanto como sus compañeros de intriga, la impaciente Arsinoe se tuvo que hacer explicar varias veces por qué razones había que aguardar a que los romanos se destrozaran todavía más entre sí, antes de dar el golpe en Egipto. Con la mayor paciencia, los conjurados le explicaron que, como la princesa bien sabía, la guerra civil había dividido en dos bandos al poder romano: el comandado por Julio César y el encabezado por su antiguo amigo, colega en el consulado con poderes supremos y actual enemigo acérrimo, Pompeyo el Grande. Ambos habían regido la república romana juntos hasta que Pompeyo creyó llegado el momento de eliminar a Julio César, con el apoyo del senado. Mas Julio César, victorioso general, habilísimo político, figura de primer orden y admirado por sus soldados y el pueblo, no se dejó sorprender y el comentario general era que, de un momento al otro, acabaría con Pompeyo definitivamente. De hecho, iba imponiéndose sobre él batalla tras batalla; la especulación de los conjurados egipcios era que en cuanto César aniquilara a Pompeyo, el senado romano y la aristocracia reaccionarían a su vez, atacando a César; ello originaría tal confusión y enfrentamiento en el seno de la primera potencia de la época, que sería fácil librarse de ella, pues no solamente Egipto sino también otros reinos sometidos por los romanos aprovecharían la oportunidad, generalizándose la rebelión en todas las fronteras. Ese sería el momento adecuado para deponer a Cleopatra y no otro, pues ella, pese a la hambruna, contaba todavía con el apoyo de una parte del pueblo egipcio y también del clero... Pero las cosas que planean los hombres muchas veces terminan resultando de otra manera.

El eunuco Potino y el general Aquilas, a diferencia del retórico Teodoto, se inclinaban más y más por la impaciente princesa según pasaban los meses y las revueltas de los hambrientos egipcios se acrecentaban. Cleopatra, inteligentementemente, había mandado a través de su esposo el faraón abrir los silos reales para darle de comer a los necesitados, lo que significó una breve tregua en los disturbios, pero en cuanto se terminó el trigo regalado por el trono, los disturbios volvieron y fueron aun mayores. Con la excusa de reprimir a los descontentos, el general Aquilas armó unas divisiones de infantería y en vez de mandarlas avanzar sobre los descontentos volvió las tropas sobre Alejandría y tomó por asalto el palacio real. Sus soldados, ya en el interior de éste, tenían órdenes precisas: capturar a Cleopatra viva o muerta, preferentemente lo segundo, según lo sugerido por Arsinoe. Sin embargo, cuando dieron muerte a los guardias que custodiaban el dormitorio real y entraron en él con las armas en la mano, solamente encontraron en él a un aterrorizado Ptolomeo XIII, un quinceañero que, temblando de miedo, alcanzó a balbucear que su hermana y esposa, la temida reina Cleopatra, había adivinado la intentona de Aquilas y escapado prestamente con rumbo desconocido.

Venciendo su deseo de mandar degollar al faraón, su hermano, Arsinoe subió al trono, convirtió al victorioso Aquilas en general en jefe de todos sus ejércitos, al eunuco Potino en su primer ministro y al paciente Teodoto en una figura insignificante de su corte.

¿Dónde estaba mientras tanto Cleopatra, perdido todo su poder, fugitiva y despojada de la protección de Roma, una república que seguía desangrándose en una feroz guerra civil? Nadie lo sabía. Al cabo de algunos meses hasta la dieron por muerta y la tranquilidad de la nueva reina Arsinoe y sus aliados fue todavía mayor cuando, llegada la temporada del crecimiento del Nilo, sus aguas volvieron a fertilizar el granero del mundo, las cosechas prosperaron y la rebelión, que Aquilas reprimió esa vez sí con el mayor rigor y ensañamiento, se llamó a su fin.

Roma débil, Egipto próspero. Hasta parecía llegado el momento de tener ambiciones todavía mayores dentro de la corte en Alejandría, como aprovechar la instancia para hacerse de alguna buena porción de territorio romano. Seguramente en otras cortes estaban pensando lo mismo.

Acariciando estos vastos planes, Arsinoe recibió de sus espías, en el momento menos esperado, una noticia muy inquietante. Su hermana Cleopatra no solamente vivía, sino que había encontrado refugio y favor en la corte siria, como huésped del mismo rey que años antes había dado refugio al padre de ambas. El comentario del espionaje egipcio en Siria agregaba que no solamente Cleopatra recibía las atenciones propias de un buen anfitrión de parte del rey sirio, sino que se había convertido convenientemente en amante del viejo monarca y que éste, subyugado por la belleza y la astucia de la joven exiliada, había convenido en dotarla de un gran ejército que se preparaba ya para invadir Egipto y reponerla en el poder.

A la espera de algún avance por ese lado, Arsinoe aguardó en vano la supuesta invasión, que nunca se produjo.

Otro hecho vino a cambiar el rumbo de la agitada historia del reino ya tres veces milenario: en Tesalia, una región de Grecia, el ejército leal a Julio César había derrotado al comandado por Pompeyo tras una feroz batalla de dos horas de duración, el 9 de agosto de aquel año, el 48 a. C., en las afueras de la ciudad de Farsalia. Uno de los principales comandantes de Julio César y figura clave de la aplastante victoria era Marco Antonio, el valiente y gallardo general que años antes había deslumbrado a la preadolescente Cleopatra, en un combate que costó apenas 200 bajas a las tropas de César y 10 mil a las de Pompeyo.

Destruido así su ejército, Pompeyo envió a Ptolomeo XIII y su esposa y hermana Arsinoe emisarios que suplicaron urgente asilo y protección para el derrotado. Por consejo del intrigante Potino se simuló conceder ese asilo de modo inmediato, pero con Pompeyo ya en territorio egipcio la orden fue capturarlo a él y a sus escasos seguidores. Sorprendido, Pompeyo ni siquiera intentó resistirse, al creer que se encontraba a salvo y entre amigos. Un oficial egipcio lo degolló y luego procedió a decapitarlo, estando aquel infeliz general todavía vivo. En una cesta de mimbre, Arsinoe envió a Julio César la cabeza de quien en vida había sido llamado Pompeyo el Grande. Potino, Aquilas y el erudito Teodoto suponían que así se ganarían el favor del nuevo mandamás romano, pero el tiro les salió por la culata: no conocían el carácter singular de aquel hombre extraordinario.

Habiéndose hecho dueño de la república romana, Julio César se apresuró a declarar una amnistía general para todos los partidarios de su fallecido adversario, tanto civiles como militares, ganándoselos para su causa. Al recibir aquel macabro regalo se enfureció de tal modo que mandó cortarle la cabeza al enviado egipcio que se la había traído –de esto probablemente viene la famosa frase de "matar al mensajero"– y a su vez ordenó que enviaran a la corte de Ptolomeo XIII esa lúgubre respuesta. Al mismo tiempo mandó el César sepultar con honores los restos de Pompeyo, ganándose todavía más el favor de sus antiguos enemigos en toda la república.

La infame treta egipcia había fracasado miserablemente y los tiempos venideros no anunciaban nada positivo en las nuevas relaciones establecidas con la poderosa Roma, definitivamente unificada bajo el mando de Julio César.

Y ése, precisamente ése fue el momento elegido por Cleopatra, una de las mujeres más brillantes de la Antigüedad, para poner su juego nuevamente en acción.

Julio César, un galán maduro para la reina de Egipto

Aunque la furia de Julio César, el nuevo hombre fuerte de Roma, fue muy grande, como también era un individuo muy inteligente y consciente de su posición, tuvo por fuerza que calmarse y admitir que su papel frente a Egipto lo obligaba a negociar. En principio, Roma era el árbitro que debía resolver las diferencias suscitadas dentro de la casa real entre el bando de Arsinoe y los partidarios de la exiliada Cleopatra, diferencias que tenían que ser resueltas lo antes posible, a riesgo de que Roma se quedara sin el vital trigo egipcio en breve plazo. Llevado por la necesidad, César impuso el mayor orden posible en la Ciudad Eterna; amenazó, sobornó o captó por otros medios el apoyo del senado, el pueblo, la aristocracia y la milicia. Luego aseguró las fronteras, para que ningún rival vecino cediera a la tentación de quedarse con parte de la república y se aplicó después a resolver, por todos los medios posibles, el espinoso problema egipcio.

En su refugio sirio, Cleopatra daba muestras de la mayor paciencia, esperando ella también, como su hermana y adversaria Arsinoe lo hacía en Alejandría, el próximo movimiento de los romanos. Pero cuando sus espías la informaron de que Julio César había decidido tomar el toro por las astas e instalarse en Alejandría para dirimir en el conflicto llamando a las partes a consejo, Cleopatra comprendió que debía adelantarse a las jugadas posibles de sus enemigos y familiares. Debía volver al peligro de su tierra natal, fuera como fuera, y así lo hizo. Hábilmente disfrazada como la mujer de un mercader, quien en realidad era uno de sus esclavos, cruzó de noche las murallas de Alejandría, donde la esperaba una muerte segura en caso de ser descubierta.

César estaba espléndidamente instalado en el palacio real, donde Arsinoe, su esposo, el adolescente faraón Ptolomeo XIII, y sus secuaces eran más prisioneros de Roma, el poder real en aquel asunto, que amables anfitriones del señor del mundo antiguo. Cleopatra, en su largo viaje desde Siria, había madurado un plan para llegar ante el César y ponerlo de su lado. Su esclavo pasaba por ser un rico mercader de alfombras; Cleopatra eligió la más bella y lujosa de todas, se desnudó por completo y se hizo envolver en ella. Cargada la alfombra y su preciosa carga a hombros de sus esclavos, el falso mercader se presentó ante Julio César como un hombre de negocios que deseaba hacerle un valioso obsequio al ilustre huésped y dueño efectivo del destino de Egipto. Ya ante César y sus generales, el supuesto mercader mandó desenrollar la valiosa alfombra y de ella surgió, completamente desnuda y con su mejor sonrisa, Cleopatra VII, depuesta reina de Egipto. La sorpresa del maduro general –Julio César tenía más de cincuenta años por entonces– y sus lugartenientes fue mayúscula al ver allí de pie, sobre la alfombra, a la mujer más bella del mundo sin otra vestimenta que un collar de esmeraldas. Cleopatra tenía entonces veinte años y parecía una estatua viviente, una diosa en la plenitud de sus encantos.

Marco Antonio, el rudo soldado de tantas campañas junto al César, deslumbrado como todos los presentes, no sabía qué hacer. Quizás hasta aceptó como un alivio la orden de su jefe máximo de retirarse de la sala de entrevistas. César y Cleopatra querían estar a solas, no exclusivamente para hablar de política internacional. Y así lo hicieron, hasta la mañana siguiente. Cleopatra había triunfado nuevamente.

Cambio de planes

Al día siguiente, el mundo antiguo había cambiado, aunque algunos de los principales protagonistas todavía no se habían dado cuenta de ello.

Tras desayunar con Cleopatra, Julio César mandó llamar a su presencia al asustadizo faraón Ptolomeo XIII, quien al acudir mansamente a la entrevista con su poderoso huésped nunca imaginó encontrarse nuevamente con su hermana y ex esposa. Seguramente no podía dar crédito a lo que veía y menos todavía podía creer en el trato familiar y cariñoso que aquel mandamás romano le daba a Cleopatra, con toda la intención de que el faraón adolescente comprendiera un poco más de lo que decían las palabras. Sutilmente, Julio César insinuó que debían conciliarse los intereses de ambas partes y que ello debía hacerse con la mayor urgencia, ya que tal era la voluntad de Roma. Todavía atónito por la sorpresa, mientras Cleopatra seguía atentamente el desarrollo de la situación fingiendo la mayor indiferencia, el muchacho asustado tuvo un conato de temeridad y rechazó de plano la sugerencia de Roma. Al escucharlo, César se limitó a sonreír y sonrió más ampliamente al ver a Ptolomeo XIII retirarse del salón sin su permiso ni habiéndose despedido. Evidentemente, el faraón tenía muchas ganas de irse de allí... Tantas, que comenzó a correr cuando se creyó libre de la mirada del romano. Pero César había adivinado sus intenciones y no solamente mandó impedirle toda comunicación con Arsinoe y sus partidarios, sino que ordenó que, hasta nuevo aviso, el faraón fuera invitado amablemente a permanecer en sus aposentos... por su propia seguridad, mandó aclarar. Dos guardias con las espadas desenvainadas custodiaban día y noche la entrada a las habitaciones del desdichado Ptolomeo XIII.

Enterada Arsinoe del asunto, maldijo hasta quedarse ronca la astucia de Cleopatra, que tan hábilmente le había ganado la partida frente a sus narices y en su propio palacio. Sin embargo, sus cómplices la persuadieron de que las cosas podía muy rápidamente tomar un cariz más serio si no se acataban las decisiones de César... de todas formas, ganado algún tiempo, luego verían cómo solucionar el asunto por vías diferentes, insinuó el primer ministro, el antiguo eunuco Potino, con tono más que siniestro.

Las relaciones entabladas la noche anterior entre el maduro Julio César y la juvenil y astutísima Cleopatra no hicieron otra cosa que acrecentarse según pasaban los días. Mientras Arsinoe y los suyos suponían que la bella egipcia era apenas un capricho más del poderoso general romano, éste, aunque brillante estratega e inteligente político, no hacía otra cosa que fascinarse más y más con su encantadora amante. César no solamente se embriagaba con las famosas habilidades amatorias de su hermosa amiga, sino que, además y al tiempo que iba conociéndola en mayor profundidad, comenzó a apreciar y admirar su inteligente y acertado juicio, llegando inclusive a prestar atención a los consejos y las sugerencias que ella le daba respecto a las futuras relaciones entre Roma y Egipto. Aquello de que una mujer que era prácticamente la prisionera de su interlocutor, una muchacha que no tenía poder alguno, aunque cierta vez había sido la reina de Egipto, aconsejara y fuera oída por el hombre más poderoso de la época, prácticamente era algo novedoso, nunca antes visto. Pero así fue.

Por su parte, Cleopatra admiraba la inteligencia y el juicio frío de su amante, la firmeza de su carácter y los alcances de su intelecto. Ella había visto a Marco Antonio, recordaba muy bien su rostro y su fuerte presencia de soldado, pero aunque le hubiese gustado poder acercarse algo más al apuesto general de Julio César, comprendía muy bien cuál era su situación en ése, su antiguo palacio, como para intentar siquiera brindarle una sola mirada en las ocasiones en que sus pasos se cruzaban por mera casualidad. Marco Antonio, contra su voluntad, no podía sacar los ojos del espléndido cuerpo que había visto completamente desnudo apenas unos días antes, aunque fuera el cuerpo de la amante de su jefe máximo... No recordaba las otras ocasiones en que Cleopatra, de apenas trece años, se había extasiado ante su presencia. Cleopatra, pese a su reserva precavida, se acordaba perfectamente.

Las sugerencias de ella, sumadas a las amenazas de César, terminaron por rendir sus frutos: Arsinoe debía dejar el trono "en pro de la paz general y el beneficio del país", asignándole Roma como posesión la isla de Chipre, modesta recompensa para quien había sido, hasta la jornada anterior, la reina de todo Egipto. Ptolomeo XIII recibió como compensación, la isla de Creta, pero como siempre "por su mayor seguridad" y a sugerencia de Cleopatra, César dispuso que el anterior faraón gobernara su isla... desde su dormitorio en el palacio de Alejandría, con los consabidos guardias siempre a las puertas y muy bien armados. A los cómplices Potino, Aquilas y Teodoto les fue perdonada la vida, aunque siguieron en palacio estrechamente vigilados, allí donde Cleopatra pudiera tenerlos a la vista y ejecutarlos sumariamente si llegaba a tener la más mínima sospecha de una nueva conspiración.

Así Cleopatra volvió al poder, celebrándose su reasunción del trono egipcio con espléndidos banquetes y celebraciones; para mejorar las apariencias de todo el asunto, dispuso Julio César que ella contrajera nuevamente matrimonio, esta vez con otro de sus hermanos menores, Ptolomeo XIV, quien contaba apenas con diez años de edad y no sería estorbo –jugando con espadas de madera y soldaditos de plata en sus aposentos– cuando cada noche, después de despachar los más urgentes asuntos de la república romana, Julio César, el auténtico dueño de la situación, fuera escoltado hasta las habitaciones de su amiga Cleopatra...

En Roma se habían enterado de la nueva situación, que explicaba la demora del gran hombre en volver a la Ciudad Eterna. Su esposa, Cornelia Flaminia, con la que había contraído matrimonio por razones de conveniencia política a los dieciséis años de edad –ella era hija del cónsul Cinna– simulaba no escuchar los procaces comentarios que surgían a su alrededor, pero la relación del hombre fuerte de Roma con la que llamaban "su perra egipcia" era el chisme que más circulaba en los gimnasios, el circo, los baños, los barrios bajos y los reservados a la aristocracia, entre la que se contaban los mayores enemigos de César, los antiguos partidarios del desdichado Pompeyo el Grande.

Julio César sabía que no podía quedarse eternamente con su amiga en Egipto, pero también conocía perfectamente que alejarse de allí implicaría una inmediata guerra civil de consecuencias imprevisibles, por lo cual dilataba más y más su inevitable partida, apelando a todo tipo de excusas. Cleopatra, en tanto, hacía todo lo posible por hacer más grata la presencia de su protector, apelando a todos los medios a su alcance.

Llevaban meses así, cuando los amantes se enteraron de la nueva conspiración urdida por Arsinoe, el cautivo faraón Ptolomeo XIII y los viejos conocidos Potino, Aquilas y Teodoto. El primer impulso de César fue mandar decapitar a todos y cada uno de los conjurados, pero el consejo de la juiciosa Cleopatra lo contuvo. Ella sabía que los conspiradores habían sembrado todo tipo de rumores entre el pueblo, difamándola y diciendo que sus intenciones eran las de convertir a Egipto en una provincia romana más, a fin de asegurarse definitivamente el favor del César... cosa que no tenemos por qué descartar como la genuina estrategia de la astuta Cleopatra, pero que no era de modo alguno conveniente hacerle creer, en los hechos, a los egipcios de la época.

La tensión se desencadenó finalmente, como lo esperaban el romano y su amante: al frente de un ejército de más de 20 mil efectivos, Aquilas sitió Alejandría por orden de Ptolomeo y su hermana y esposa, Arsinoe. Fue la excusa perfecta para que las legiones de veteranos traídas a Egipto por César los enfrentaran de una buena vez: ahora, eran Arsinoe, Ptolomeo y sus seguidores contra Roma. Los amantes hasta se dieron el lujo de dejar "escapar" al ex faraón de su dormitorio, para poder matarlo en batalla y de una buena vez por todas. Estúpidamente, aquel adolescente que nunca había empuñado un arma se calzó un armadura y un yelmo de oro y así enfrentó a los veteranos legionarios romanos que habían sometido a las Galias, Hispania y Britannia.

El desastre fue mayúsculo para los intereses de los depuestos monarcas de Egipto y, tras sangrientos enfrentamientos, Julio César exhibió ante el pueblo de Alejandría la coraza de oro del infeliz Ptolomeo XIII, quien en compañía de miles de sus seguidores terminó ahogado Nilo arriba, huyendo cobardemente del arrollador avance de las victoriosas legiones. Las represalias ordenadas por César y Cleopatra no se hicieron esperar: el eunuco Potino fue ahorcado; el sabio Teodoto alcanzó a huir y nadie volvió a saber de él; en cuanto al vencido general Aquilas, no fue preciso hacer nada, pues Arsinoe ya había mandado estrangularlo tras un confuso episodio sucedido poco tiempo antes de la derrota final. Respecto de la dos veces vencida Arsinoe, a su vuelta a Roma Julio César mandó hacerla desfilar cargada de cadenas de oro. La versión extraoficial indica que posteriormente, a pedido de Cleopatra, su hermana fue condenada a morir de hambre encadenada a las paredes de una prisión romana.

Porque César tuvo finalmente que partir. Restablecida la paz y garantizada la ocupación del trono por Cleopatra en el Alto y el Bajo Egipto, de manera definitiva, Julio César tuvo la precaución de dejar en el país algunas de sus legiones como custodias del orden por él establecido. Uno de los últimos altos comandantes en partir con el gran hombre fue, precisamente, Marco Antonio. Sin embargo, Cleopatra no se quedó sola en Egipto: el 24 de junio del año 47 a. de C. había nacido un varón, llamado por su padre Cesarión y por los egipcios Ptolomeo XV. Lamentablemente, este hijo que parecía destinado a gobernar el mundo conocido cuando llegara a la madurez, viniendo de tan ilustres padres, tendría un final tan temprano y trágico como el de ellos... La violencia y el juego de las pasiones, ambiciones e intrigas, factores tan propios de aquel entonces, tampoco tendrían piedad con el hijo de Cleopatra y Julio César.

Esplendor y caída de un amante lejano

Los años siguientes, mientras Cleopatra llevaba adelante un período de relativa paz en su país y su hijo crecía, fueron algunos de los más gloriosos para Roma y para el hombre extraordinario que la encarnaba.

Las cartas que César enviaba a Cleopatra desde rincones del imperio tan distantes como la costa del Mar Negro, el norte de África o diversos puntos de Italia, daban cuenta de su incesante actividad en pro de acabar con la resistencia de los nuevamente insurrectos pompeyanos, las rebeliones del senado y los levantamientos de distantes reinos sometidos por Roma. A la par, en las instancias que le dejaban sus interminables batallas por conservar e incrementar su poder, el célebre padre de Cesarión se aplicaba a modernizar y optimizar las instituciones de la república, reformulando y modificando progresivamente su constitución política hacia el objetivo que era su mayor ambición: convertirla en un reino unificado del que también participaría Egipto, un reino del que, naturalmente, él sería la cabeza coronada. Desde luego, sus incontables enemigos dentro y fuera de la república romana sabían o adivinaban cuál era la meta del ambicioso y audaz general, que de ser un simple aristócrata empobrecido en su juventud se había elevado hasta ser el hombre más poderoso de su época.

La ambición de Cleopatra era convertirse en la reina consorte de ese enorme imperio soñado por su hombre y que, mañana, Cesarión fuera directamente el príncipe heredero de cuanto había conquistado su famoso padre. César no había tenido hijos con la discreta matrona que era su esposa romana y siempre quedaba el recurso de que la repudiara llegado el momento justo. Entonces, cubierto de gloria, Julio César volvería a sus brazos y Roma con Egipto y todos los territorios anexados a la república por la obra de su amante, soñaba Cleopatra en su palacio alejandrino, serían un solo mundo, un solo imperio: el suyo.

El contacto entre la reina y su amante era imprescindible y necesario, cada vez que las circunstancias lo permitieran, por lo que Cleopatra y Cesarión viajaron y se instalaron dos veces en Roma, pese a las burlas, el odio y el rencor de los enemigos de César, que no dejaban de calumniarla y azuzar al pueblo en su contra. En el año 46 ella y su hijo se instalaron por una larga temporada en la Ciudad Eterna, en la lujosa propiedad que poseía el padre de Cesarión en las afueras. En Roma, sin embargo, ella no era la reina de Egipto, sino la concubina del señor del Estado. Tampoco podía dejar de lado por mucho tiempo las cuestiones más delicadas del gobierno de su país: las ausencias del trono eran muy riesgosas en aquellas épocas. Pero, de todas formas, ella se las ingenió para volver a Roma dos años después, a comienzos del año 44 antes de Cristo, cuando, persuadido de que su inmenso poder le permitía incluso desafiar a la opinión republicana, Julio César se atrevió a rendirle público homenaje como soberana de un Estado aliado de Roma. La indignación general fue muy bien aprovechada por los enemigos de César, quienes con el mayor secreto se habían conjurado contra él, bajo el pretexto de salvar a la república del hombre que se proponía acabar con la vieja organización política y fundar un reino que tendría por capital no ya a Roma, sino a la egipcia Alejandría. Inclusive personajes tan cercanos a Julio César como Marco Junio Bruto –de quien se decía que era un bastardo de César con su antigua amante de la juventud, la patricia romana Servilia Cepión– eran parte de la conspiración. Según las fuentes, el mismo César estaba al tanto de la conjura, pero no tomó, misteriosamente, recaudo alguno. Su sobrino y heredero, Octavio, simplemente esperaba, sabiendo él también lo que se preparaba en las sombras contra su poderoso pariente.

El fiel Marco Antonio, que seguía dominando su deseo por lealtad a su jefe, advirtió al César que no concurriera a una reunión con los senadores, establecida por los conspiradores como la mejor ocasión para librarse del dictador; inclusive, mientras Julio César atravesaba el Foro Romano, Marco Antonio se interpuso en su camino, suplicándole que volviera sus pasos atrás o al menos le permitiera ser su custodia con algunos escogidos centuriones. Sonriendo enigmáticamente, el gran hombre le agradeció su preocupación, le recordó la prohibición de portar armas dentro del senado romano y lo apartó con suavidad de su derrotero, desapareciendo detrás del inmenso Teatro de Pompeyo, irónicamente un edificio erigido en honor del peor enemigo de Julio César.

En la lujosa villa donde César hospedaba a su amante y su hijo en sus visitas a Roma, ingresó a todo galope, una hora después, un enviado de Marco Antonio con la trágica noticia, aquella que derrumbaba todos los sueños de Cleopatra. En el senado romano más de cien puñaladas acababan de ponerle fin definitivo a las ambiciones de Julio César, quien no era más que un cadáver ensangrentado tendido allí donde había caído.

El mismo mensajero previno a la estupefacta reina egipcia de que la noticia ya corría por toda Roma y se esperaba todo tipo de disturbios tras el magnicidio. Ni el fiel Marco Antonio ni nadie podía garantizar la seguridad de Cleopatra ni de Cesarión en tales circunstancias. Ya las tropas de uno y otro bando marchaban desde sus campamentos hacia el senado, escenario del crimen, y el pueblo bajo dejaba oír su clamor a favor de uno u otro bando. El peligro de una nueva guerra civil, quizá más sangrienta que todas las anteriores, se olía en el aire.

En la emergencia, Marco Antonio había hecho aprontar un buque cerca de la actual playa de Ostia, en la ribera romana, y este cuidado para con Cleopatra y su pequeño hijo –Cesarión contaba entonces apenas con cuatro años de edad– habla a las claras de sus perdurables sentimientos hacia la reina en desgracia y el primogénito de su jefe y rival por los amores de la bella egipcia. Atontada, dejándose llevar por los hombres de Marco Antonio, con su hijo en brazos y apenas con lo puesto, Cleopatra escapó por poco del desastre que se había abatido sobre sus sueños más dorados y los del hombre al que ciertamente amó mientras permaneció con vida. Pero otro, todavía más trágico y terrible, era su destino.

Finalmente, en brazos de Marco Antonio

Evitando cuidadosamente los puertos italianos, finalmente Cleopatra y Cesarión llegaron a Egipto, tras casi dos años de ausencia. El reino estaba prácticamente arruinado por la corrupción, el abandono y los negociados de la corte, sin que el joven faraón Ptolomeo XIV, de apenas dieciséis años, siquiera se percatara de ello. La desolación de Cleopatra por la muerte de su poderoso amante romano se convirtió en una furia ciega al ver el estado en que se encontraba su reino: las enfermedades y el hambre asolaban al pueblo, esquilmado periódicamente por los implacables recaudadores de impuestos, lo que presagiaba una inminente insurrección desesperada. Con mucha probabilidad, si el inesperado asesinato de Julio César no hubiese precipitado la huida de la reina, ella hubiese llegado a un país envuelto en una sangrienta guerra civil.

Atenta al nuevo peligro que acechaba a la casa real, Cleopatra decidió tomar medidas drásticas: mandó ejecutar a los principales funcionarios de la corte, responsables de todas esas atrocidades, y reemplazarlos por otros que le eran adictos; hizo repartir pan entre el pueblo, reforzar la presencia del ejército en las fronteras y en la capital, Alejandría, y tuvo una corta reunión con su hermano y marido, el faraón. Esa noche misma mandó envenenarlo y se declaró regente de Egipto hasta que su hijo Cesarión llegara a la mayoría de edad.

Mientras reorganizaba a toda prisa las actividades económicas, políticas y militares del país, Cleopatra despachaba sin cesar espías y mensajeros hacia Roma, a fin de estar al tanto de cuanto sucedía en la capital del mundo antiguo tras el magnicidio.

Las noticias eran confusas y contradictorias, pero daban cuenta de que luego del asesinato de César, Marco Antonio había denunciado la conjura que le puso fin a su jefe ante el pueblo romano, iniciándose la persecución, la captura y la ejecución de los numerosos implicados, sin que influencias, prestigio o posición social fueran obstáculos para ello. No escapaba a la inteligencia de Cleopatra que el problema –no sólo para Roma, sino para todo el mundo conocido– era quién mandaba ahora en la Ciudad Eterna y eso no estaba definido. Además, muerto César, que tenía el poder suficiente para mantener en equilibrio las diversas fuerzas sociales que actuaban en Roma, éstas se habían liberado y comenzado a pugnar entre sí, con resultado impredecible y por demás peligroso.

Marco Antonio contenía a buena parte del ejército, mientras que el senado intentaba recuperar el poder que antes de César había tenido. El pueblo reclamaba que asumiera como mandamás Octavio, sobrino y heredero de César o, en su defecto, el piadoso Marco Antonio, mientras que la aristocracia y los ricos propietarios se inclinaban por uno de su misma clase, el patricio Marco Emilio Lépido, quien era el jefe de la caballería, el orden ecuestre al que solamente pertenecían los hijos de las familias más poderosas e influyentes de la nobleza. Se aplicó entonces una antigua ley romana, que estableció un triunvirato a la cabeza del estado: Marco Antonio, Lépido y Octavio asumieron el poder supremo, compartido, el 23 de noviembre del año 43 a. C.

Por supuesto, todo desembocó en lo que Cleopatra más temía: una nueva guerra civil en el seno de la desfalleciente república romana. El desarrollo el conflicto pareció inclinarse del lado de Marco Antonio cuando Lépido se volcó de su lado, mas el primero desconfiaba mucho de éste, entendiendo aquella maniobra como una mera estratagema de los aristócratas contra el partido de los republicanos.

Cuando le anunciaron a la reina que Marco Antonio –su salvador en Roma un año atrás– solicitaba la ayuda de la flota egipcia desde la actual Turquía, en una situación ya casi desesperada por el acoso de los partidarios de la república, eso no constituyó ninguna sorpresa para Cleopatra; ella se negó de plano, atenta a no involucrar a su país en la guerra civil de los romanos, que parecía estar volcándose para el lado de los contrarios a Marco Antonio. Astuta y fría cuando le convenía serlo, Cleopatra comprendía que una cosa era el amor o la atracción que sentía por el apuesto militar y que tan bien habían disimulado ambos en vida de Julio César, y algo muy diferente resultaban ser las conveniencias políticas y militares en tan riesgosa situación.

Pero Marco Antonio insistió una y otra vez, al tiempo que algunos informes llegados a Alejandría indicaron que estaba obteniendo una leve ventaja sobre los republicanos... Cleopatra dudó, pero finalmente accedió a un encuentro con Marco Antonio, imponiendo como condición que la entrevista se concretara a bordo del buque insignia de la marina egipcia, que era sagrado al tratarse de un país neutral, aliado de Roma y entendida la nave como territorio egipcio. Marco Antonio, por supuesto, accedió a cuanto le exigió la soberana y así la flota egipcia se desplazó hacia el importante puerto de Tarsus, en la actual Turquía, donde impacientemente aguardaba el antes piadoso y leal Marco Antonio.

La conferencia entre él y Cleopatra duró casi una semana, pero se trasladó esa misma primera noche desde la cubierta del lujoso buque imperial a los camarotes de la reina. Cuando volvieron a salir a cubierta ya eran amantes fervorosos: Marco Antonio había conseguido el apoyo económico y militar de Egipto, y Cleopatra, a cambio, la promesa de Marco Antonio de eliminar a su hermana Arsinoe IV, reaparecida como de la nada y quien la amenazaba con sus pretensiones al trono egipcio aprovechando la confusión de la guerra civil que asolaba Roma. Sin mayor demora, Marco Antonio mandó degollar a la pretendiente Arsinoe y al parecer muy complacido, se aplicó con todas sus fuerzas a cumplir con la segunda promesa que le había hecho a Cleopatra: instalarse con ella en Alejandría. Al parecer, la reina no había renunciado al sueño de César, respecto de unificar el reino egipcio y la república romana y fijarle Alejandría como nueva capital.

Una año residieron juntos los amantes en la ciudad africana, un año entero de fiestas, banquetes y celebraciones, hasta que en el 40 a. C. los nuevos hechos políticos obligaron al gallardo Marco Antonio –quien parecía absolutamente embelesado por su real amante– a volver a Roma. El partido de Octavio, en su ausencia, había crecido y ampliado sus influencias. En tal situación y a fin de evitar nuevos choques con el partido republicano, Marco Antonio tuvo que casarse con la hermana de Octavio, Octavia, unificando fuerzas con su nuevo cuñado... al menos, de momento.

En tanto, en Egipto, Cleopatra dio a luz gemelos de su amante, Cleopatra Selene II y Alejandro Helios. Sólo cuatro años después, en el 37 antes de Cristo, Marco Antonio y Cleopatra volvieron a reunirse, con el pretexto de que el ya maduro general había emprendido una campaña contra los partos, un pueblo que habitaba entonces el actual Irán. El reencuentro se convirtió en matrimonio sin que Marco Antonio repudiara antes a su esposa romana, una falta severísima para las leyes de su patria, agravada por la condición de que Octavia era la hermana de aquel que, día a día, se iba convirtiendo en el hombre más influyente de Roma. Octavio, además de brillante estratega, era extremadamente paciente y nada dijo de la falta de su cuñado. Tendría sobrado tiempo para cobrarle esa afrenta, y además, calculó muy bien que su discreción al respecto le ganaría todavía más adeptos, incluso entre los partidarios del que ya estaba perfilándose como su futuro rival en la disputa del poder absoluto. Sí, Octavio era un hombre que sabía esperar...

Tras el casamiento regio, mientras tanto, los anteriores amantes llevaron una vida despreocupada y signada por el placer y las distracciones, una de las consecuencias de la cual fue el nacimiento de un nuevo hijo, Ptolomeo Filadelfo. Para entonces, las relaciones entre los concuñados Octavio y Marco Antonio se habían tornado decididamente antagónicas. En todo aquel tiempo, la estrategia del astuto Octavio había sido aparecer ante el pueblo romano como un abnegado mandatario, responsable, austero y sencillo, en tanto que Marco Antonio aparecía pintado por los agentes y propagandistas pagados por su rival como un perezoso mandamás orientalizado, que había adoptado los vicios y los hábitos propios del país de su esposa egipcia, una disoluta prostituta extranjera que, además, se hacía obedecer por él como si fuera un perro faldero, todas estas actitudes repudiables y lejanas de la condición de ciudadano romano.

Apenas terminó la vigencia del triunvirato que Marco Antonio, Octavio y Lépido conformaban según la ley de Roma, Octavio acusó ante el senado a Marco Antonio de sacrílego, conspirador a favor de una potencia extranjera y traidor a la república. Agravando más su caso ante la opinión pública y las instituciones romanas, fue ése el poco oportuno momento elegido por el acusado para repudiar a su esposa, Octavia... No en balde Julio César, quien tenía a Marco Antonio en gran estima, solía repetir que él tenía más fuerza en el brazo y el corazón que en la cabeza... Con el senado a su favor, Octavio logró que ese cuerpo colegiado expulsara a Marco Antonio del triunvirato al tiempo que Roma le declaraba la guerra a Egipto, un verdadero desastre en su máxima expresión, pero apenas un pálido boceto de lo que vendría después. Corría entonces el año 32 antes de la era cristiana.

¡En guerra!

Designado comandante en jefe de las fuerzas romanas, durante dos años Octavio batió una y otra vez a las tropas que aún seguían a su declarado enemigo Marco Antonio, quien pese al apoyo del ejército y la flota egipcia no lograba doblegar a los veteranos legionarios romanos, aunque sus efectivos los doblaban en número.

La suerte de la guerra llegó a su punto máximo en la batalla naval de Accio, librada en la primavera del 31 a. C. en las costas de Grecia. Pese a que la ventaja numérica estaba a favor de Marco Antonio, con medio millar de naves de guerra y 120 mil efectivos contra los 400 barcos de combate y 80 mil reclutas que le oponía Octavio, el esposo romano de Cleopatra sufrió una aplastante derrota, a consecuencia de la cual debió huir a duras penas de su encarnizado enemigo. Éste, el 30 de julio del año 30 a. de C., ingresó victorioso en Alejandría, capital del vencido imperio egipcio. Las once legiones con las que contaba Marco Antonio para una desesperada defensa de la ciudad huyeron vergonzosamente ante el avance octaviano o directamente se pasaron al enemigo, mientras en su palacio y abrazando a sus hijos, una demacrada e irreconocible Cleopatra volvía a preguntarse qué le deparaba el futuro próximo y cómo se libraría de todo peligro, de igual manera que lo había calculado tantas otras veces en su vida.

Cuarentona, lejos de Marco Antonio y abandonada casi por la totalidad de sus antiguos servidores, en esa oportunidad la que había sido anteriormente la mujer más bella y brillante de su época no atinaba a hacer otra cosa que esperar... lo imposible.

¿Fue Octavio, el astutísimo Octavio, quien concibió la estratagema que le pondría un final doblemente trágico a aquel drama? Podemos suponer que sí. Aquello fue muy digno de su mente fría y calculadora. Un mensajero puso en manos del atribulado Marco Antonio un informe falso: en él lo anoticiaban de que, desesperada, en Alejandría Cleopatra había hecho estrangular a sus hijos y luego se había suicidado. Enloquecido por la supuesta pérdida de su esposa y sus descendientes, Marco Antonio, que había vivido como un rey egipcio los últimos años de su vida, eligió una tradición militar romana para acabar con ella: se arrojó al suelo sosteniendo entre sus manos su espada de general, con la afilada punta dirigida a su vientre, y el arma que le atravesó las entrañas.

La última jugada de Cleopatra

En su palacio, Octavio vio amanecer sin cerrar los ojos y luego atardecer. Estaba en los baños, reflexionando sobre el futuro de Roma, cuando un centurión ingresó a la estancia, cubierto de polvo desde los pies hasta el casco adornado con crines de caballo. Era un veterano de unos cuarenta años de edad y, además, el mensajero que el nuevo hombre fuerte del Estado romano aguardaba desde días atrás. Octavio le hizo ademán de que hablara y el hombre habló, de pie ante su jefe, con voz firme y sin mayores remilgos.

Marco Antonio no había muerto de inmediato, había vivido lo suficiente como para morir entre los brazos de su esposa, ser sepultado por Cleopatra y llorado por sus hijos. La reina, sin embargo, había adivinado las verdaderas intenciones de su odiado enemigo y no había solicitado ninguna entrevista con él, segura de que sería apresada de inmediato y humillada como una esclava. Octavio se mordió los labios, comprendiendo que ella conocía que no podría seducirlo como lo había hecho con Marco Antonio y, antes de él, con Julio César. Por un momento, Octavio había subestimado a su enemiga.

El veterano continuó con su relato. Cuando ingresaron las tropas de Roma en Alejandría, bajo tortura un esclavo de palacio reveló que la reina se había hecho vestir con sus mejores ropas y ceñido por última vez la corona de sus antepasados. Luego, aquel mismo servidor, por orden de la reina, le había alcanzado una cesta de mimbre, que no solamente contenía dátiles del fértil valle del Nilo. Con indiferencia –el esclavo, aterrado, la había visto hacerlo escondido detrás de unas espesas cortinas de seda que velaban las ventanas de su cámara– la última soberana de los Ptolomeos había tomado de entre las frutas una pequeña serpiente, un áspid verde del desierto, estrechándolo contra su pecho, donde la alimaña clavó varias veces sus mortales colmillos.

Dejando caer la cesta y su mortífero contenido, Cleopatra se había tendido en su lecho de oro y plata, ya majestuosa como una momia, y había cruzado sus brazos sobre el pecho herido, aferrando el cetro real, símbolo de su poder perdido, cerrando los ojos para siempre.

Juana la Loca y Felipe el Hermoso

Madre dominante, padre ausente

La condesa encargada de velar por su infancia, aquel día de 1481, le estaba peinando a Juanita sus largos cabellos rubios, cuando una de las sirvientas de cámara se atrevió a ingresar en la habitación de la infanta. La condesa, dejando suspensa su tarea, alzó su mirada severa e irritada hacia la muchacha, que vacilaba en mitad del espacioso cuarto ubicado en el ala izquierda del castillo. La joven parecía haber perdido todo su aplomo y no atreverse a decir palabra, tras ingresar así, intempestivamente, donde no debía. La condesa –que era mujer mayor y muy ducha en eso de llevar casas adelante, desde que cuidara a la madre de Juanita, Isabel de Castilla, cuando la soberana era una niña como de la edad de la rubia infanta– sabía por experiencia que las sirvientas jóvenes son así, atropelladas en todo lo que hacen, moviéndose a impulsos "como las ranas", solía quejarse la condesa, mientras le enseñaba a la distraída Juanita de qué manera conducirse con los sirvientes. Como Juanita no es la primogénita, como su hermana Isabel, nacida en 1470, su destino probablemente no será el de reina consorte. A lo sumo, su destino caerá bajo alguna componenda que haga su padre, Fernando de Aragón, y Juanita, ya mayor, se convertirá en reina sí, pero de algún dominio minúsculo, de esos que no faltan en Europa... No es un mal destino, desde luego, pero ser reina de España, eso para ella es prácticamente un imposible... Su hermano Juan, el príncipe de Asturias, siendo el segundo en nacer y varón, debería heredar el reino que sus padres, a sangre y fuego, han reconquistado del dominio árabe, que lleva siglos establecido en España. Apenas una delgada faja de Andalucía, al sur, sigue en manos de los moros, el reino de Granada, y al unificarse los reinos mayores de Castilla y Aragón con el casamiento de los padres de Juanita, el batallador Fernando ha decidido a toda costa echar a los árabes de España... lo que no será nada fácil, desde luego.

La condesa deja escapar un suspiro: ella ha conocido a Fernando cuando era una niña, en la corte del padre, el astuto Juan II de Aragón, El Grande, que se las ingenió para conseguir unir en matrimonio a los dos grandes herederos: Fernando e Isabel son primos, pues sus abuelos eran hermanos. La bula papal obtenida por las habilidades diplomáticas del abuelo de Juanita permitió concretar esa unión, pese a todas las ambiciones frustradas que quedaron por el camino.

Cuánto lloró la madura condesa cuando Fernando e Isabel unieron sus destinos y el de España en Valladolid, en el Palacio de los Vivero; pero para entonces tantos años habían pasado que ya esa pena de amor frustrado –imposible, además, por la diferencia de rango– era solamente un tibia cicatriz, aunque una que ardía nuevamente, de tanto en tanto. No era muy habitual ver a su señor el rey en aquellas posesiones castellanas, pues Fernando se la pasaba más a caballo y guerreando que en alguno de sus castillos, pero cada vez que eso sucedía, siquiera a la distancia, la madura condesa volvía a sentir nostalgias de aquellas ilusiones de su juventud.

Memorando todo esto, se había ausentado del momento presente: la pequeña doña Juanita, pese a ser infanta de España, hacía lo que todas las niñas de su edad en cuanto se liberaban un poco del yugo de los adultos: jugar con sus muñecas, tarareando alguna cancioncita de las que tanto reprobaba su severísima madre y vagar por la amplia cámara que le habían asignado en el castillo, fantaseando y dejándose llevar por sus caprichos. En cuanto a la joven sirvienta, seguía allí, a dos pasos de la puerta por donde había entrado con tanta imprudencia como impulsividad, inclinada en una muda reverencia y sin saber qué hacer.

"Estas campesinas", farfulló para sí la condesa y con un ademán, exigió a la muchacha que hablara; luego agregó que si no le satisfacía lo que tenía que decirle o era simplemente alguna tontería, le haría aplicar seis azotes por su impertinencia. La joven, con voz temblona, le dijo entonces lo que guardaba en sus labios: su señor el rey, a quien Dios guarde, acababa de obtener su primera victoria contra los moros de Granada. El primer castillo había caído, el rey había mandado ahorcar al antiguo dueño de la propiedad, pasar a cuchillo a los oficiales sobrevivientes y plantar la bandera de Castilla y Aragón en la torre más alta... el día había sido suyo.

Para la rígida etiqueta de aquella corte castellana era una ruindad demostrar la menor emoción delante de un sirviente; ni siquiera se podía hacerlo frente a un noble apenas inferior en alcurnia, pero a la condesa le costó mucho controlar sus emociones en esa instancia. Sus ojos se estaban llenando ya de lágrimas cuando mandó marcharse a la joven sirvienta, que por suerte salió de allí como una exhalación apenas se le dió la orden.

Íntimamente, la fervorosa condesa le dio gracias a la Virgen por haber conservado la vida de su antiguo amor, el belicoso señor de Aragón, y a San Jorge, de quien ella era muy devota, por haberle brindado la victoria a las armas del rey. En ello estaba, cuando la manita blanca e inocente de la ilustre hija del vencedor de los moros sacudió su falda; la niña sonreía, pues todas las campanas del castillo tocaban a la vez, haciendo pública la victoria de su padre.

Entonces un oficial de palacio ingresó sin mayores miramientos en la estancia, informando brevemente que su Alteza, la reina de Castilla, requería de inmediato que todos sus hijos se reunieran en la capilla, para dar gracias a Dios por la suerte de la batalla. Presurosa, la veterana condesa se aplicó a desnudar a la niña en la fría habitación, donde ya las damas de compañía de la infanta entraban a toda prisa con vestidos y calzado de corte, a fin de que la niña, esa niña que solamente quería seguir jugando, se vistiera de acuerdo a su rango para un encuentro oficial con su madre, sus hermanos y el resto de la corte.

Una joven distraída, una mano muy pretendida, un aventurero genovés

Han pasado varios años desde la escena anterior. La madura condesa ha muerto sin volver a ver ni una sola vez a su adorado Fernando de Aragón, tan ocupado como ha estado el rey en su empecinada empresa de reconquistar Granada. La guerra no ha sido fácil, pese a las iniciales victorias contra los moros andaluces. Ellos oponen una tenaz resistencia y la sucesión de batallas, a cual más encarnizada, no termina de definir si finalmente Fernando de Aragón e Isabel de Castilla lograrán su objetivo, lo que de concretarse les granjeará la gloria de haber liberado a España de ocho siglos de dominación musulmana.

Ya han pasado cuatro años de conflicto bélico, y no solamente con los moros andaluces: un reino recién unificado es algo muy tentador para el resto de las potencias europeas, particularmente para los vecinos franceses. Sin embargo, los reyes a quienes ya todos llaman sus Majestades Católicas, por su extremado celo religioso y por lo que significará para la cristiandad la recuperación de toda la península ibérica, han sabido con dureza y astucia conservar lo ganado y acrecentarlo con nuevos territorios. Palmo a palmo, el aguerrido Fernando va ganándole terreno a los árabes en el sur, impidiendo, a la vez, que desde el norte de África les lleguen nuevos refuerzos; por su parte Isabel, su esposa y prima, posee una increíble habilidad para manejar el reino, negociar o amenazar a sus vecinos según convenga, reformar añejas leyes y sobre todo, a escala interna, controlar a los ambiciosos señores que son sus vasallos y los de su esposo, pero que a la primera de cambios bien podrían complotar en contra de la corona.

Lejos todavía de siquiera comprender los rigores de la vida paterna en un tiempo tan agitado como aquel, Juanita se ha convertido en una hermosa niña de sólo seis años, de aspecto delicado y muy bello, curiosa e inteligente, aunque retraída y poco afecta a jugar con otras criaturas de su edad. Su naturaleza es fantasiosa y extremadamente curiosa, pero su timidez hace que se mantenga aparte en las raras ocasiones en que tiene contacto con otras criaturas que, por el grado de nobleza que establece su nacimiento, podrían tener el privilegio de jugar alguna vez con ella, de tanto en tanto. El estudio de las materias asignadas a una infanta de España y sobre todo, su severa educación religiosa, son sus ocupaciones habituales, su rutina de niña. Ve muy pocas veces a su madre, en escasímas oportunidades a su padre, que siempre está peleando con sus tropas en lejanos parajes del sur del reino. La ocupaciones de la reina, en ausencia del soberano, son tantas, que en ocasiones pasa un mes entero Juanita sin contemplar su duro rostro, sus enérgicas facciones.

La soberana, increíblemente, se las ha arreglado para encontrar tiempo y concederle audiencia a un extranjero, un navegante genovés que lleva años vagando por Europa, de corte en corte y sin mayor éxito, solicitando apoyo para realizar algo que es un sueño imposible para unos y una estafa digna del peor tramposo para otros... Juanita no comprende nada de lo que le dicen respecto de aquel hombre, que no es un noble ni tiene poder alguno, a diferencia de la mayoría de los que Juanita está acostumbrada a ver, hombres que gastan lujosos ropajes de corte o brillantes armaduras, personajes que al ver a la niña de seis años inmediatamente se descubren y la saludan con la rodilla en tierra, como hija que es de los reyes de España.

Paseando con sus cuidadores, sus innumerables servidoras y servidores, la infanta ha visto ya varias veces a ese hombre relativamente bajo, cargado de espaldas, vestido con ropas oscuras y de un estilo desconocido en la corte catellana, aguardar pacientemente en el patio descubierto, asignado a los suplicantes más humildes de una entrevista con la reina. Ha aguardado aquel hombre durante meses, insistiendo una y otra vez. El muchacho que lo acompaña, su hijo, es mayor que Juanita y viste de manera tan extraña como su padre. ¿Quiénes serán?, se pregunta la niña; ¿cuándo habrá de recibirlos su madre, la reina? Quizá no lo haga nunca.

En aquel mismo patio esperaron otros más encumbrados que ese vagabundo genovés y su hijo, en ocasiones hasta dos o tres años, antes de que la reina los rechazara definitivamente, y tuvieron esos frustrados peticionantes que partir sin haber visto ni la real sombra ante ellos.

Ha pasado un tiempo más, el reino de Granada sigue sin caer pese a los denodados esfuerzos de los padres de Juanita, y aquel misterioso aventurero genovés sigue una y otra vez solicitando entrevistarse con la reina. Lo ha conseguido una vez, una vez sola, se ha explicado ante la soberana y luego ha tenido que seguir aguardando mientras Isabel La Católica demora su respuesta.

Juan, príncipe de Asturias y hermano mayor de Juanita, de genio avispado aunque de débil constitución física, le ha dicho a la niña que aquel hombre es un navegante, uno de esos intrépidos que, arrostrando mil peligros, se atreven incluso a aventurarse más allá de la línea de la costa, lo que prohíbe la prudencia más elemental, y que sueña con unir Europa con la India. Se ha reído mucho el príncipe Juancito del aspecto del forastero y más todavía con lo de ir de Europa hacia la India navegando siempre hacia el poniente... ¡para volver desde el oeste! El colmo de la hilaridad del joven príncipe fue cuando le contaron que el navegante genovés sostenía que ello podía hacerse de tal forma porque la Tierra es redonda. Si por él fuera, le dijo a su hermanita menor, metería a ese embustero en un calabozo o todavía algo peor... ¡Si todo el mundo sabe que la Tierra es plana, que nada hay más allá, apenas a unos días de navegación desde las costas, y que lo más seguro es no despegarse de la visión de la orilla del continente para no caer vaya uno a saber en qué abismos insondables...! ¡Locuras de ese vagabundo genovés, un estafador! Es increíble, se indignó luego el príncipe, que su madre la reina siquiera le preste atención, con las urgentes necesidades que pasa el reino... La prolongada guerra por recuperar Granada es, además, terriblemente costosa, el peor momento es este para meterse en gastos detrás de quimeras incomprobables, fundadas en argumentos disparatados.

Juanita no ha comprendido muy bien cuanto le ha dicho su hermano mayor, pero sospecha que el mundo de los adultos es mucho más complicado de lo que ella se imagina. Mucho más para una princesa segundona, que pasa sus días estudiando y rezando, como ella.

Pero ya aprenderá.

Fallecida la madura condesa que cuidó de ella en la primera infancia, Juanita pasa a recibir lecciones del sacerdote Andrés de Miranda, de su madre la reina, empecinada en convertirla en una gran dama casadera para acrecentar el poder y la influencia de la casa real, y muy especialmente de la escritora y humanista española Beatriz Galindo, llamada "la Latina" por su excepcional manejo del latín desde la temprana edad. Beatriz, hija de una familia hidalga venida a menos, es un raro de caso de mujer de gran cultura de la época y tendrá una gran influencia sobre la joven infanta. Tiene apenas veintisiete años cuando en 1492 acompaña a la corte a Granada, que ha caído en manos, finalmente, de los Reyes Católicos, como todos llaman a los padres de Juanita. Es Beatriz quien le explica a su pupila el significado de la caída de Granada para el reino y para toda Europa: Juanita, de trece años, contempla maravillada la nueva posesión de los suyos, ese reino árabe que se vuelve español al paso de su aguerrido padre...

También es Beatriz quien le explica a Juanita, tiempo después, que aquel navegante genovés, casi harapiento, que logró el apoyo de la Corona a fuerza de insistir y demostrar sus teorías; ese aventurero que ha zarpado del Puerto de Palos con tres carabelas es el mismo Almirante de la Mar Océano que ha vuelto a Europa cubierto de gloria, tras descubrir más allá del horizonte líquido lo que todos llaman "las Indias Occidentales", nada más y nada menos que un nuevo mundo, un continente cuya existencia todos ignoraban. Cristóbal Colón, tal el nombre del navegante genovés, ha triunfado, y con él la intuición de Isabel de Castilla, que ha confiado en su causa cuando todos decían que estaba equivocada.

La gloria de España comienza a expandirse, y la transformará en la primera potencia mundial en el tiempo venidero. Juanita, ya a punto de convertirse en una mujer, es una de las presas más codiciadas por las casas reales de Europa, ansiosas de estrechar lazos de parentesco con la corona española. Su padre, Fernando de Aragón, lo sabe muy bien y espera obtener para su hija el matrimonio más conveniente entre todos los postulantes de sangre real que comienzan a enviar emisarios unos detrás de los otros.

La joven es bella, de hermosos ojos y muy buena figura, con su largo cabello rubio rojizo recogido a la moda de la época y unos modales exquisitos. Es, gracias a los buenos oficios de sus preceptores y de su madre, una muchacha muy instruida: habla varias de las lenguas propias de la península ibérica, además de francés y latín a la perfección; estudió danza, matemáticas, retórica y filosofía, es una excelente tiradora con el arco y una muy buena amazona. Sin embargo, hay algo que preocupa y mucho a su severa madre y es la falta de interés de la infanta en temas religiosos. Es verdad que acató siempre sin protestar todas las preceptivas que sobre religión le fueron impartidas; es verdad que cumple con todos y cada uno de los ritos y las ceremonias propias del culto, pero resulta a todas luces evidente que lo hace de un modo maquinal y apenas formal, cuando todos en su casa son fervientes y apasionados católicos... ¡De hecho, sus padres pasan por ser los principales defensores de la fe en toda Europa! La reina se devana los sesos elucubrando cómo despertar en Juanita la misma devoción espiritual que la anima a ella y a toda la corte, pero ni ayunos ni penitencias ni amenazas ni ruegos logran algún efecto en la indiferente Juanita.

La reina sabe que su hija obedecerá a su padre y a su madre absolutamente en todo –es impensable otra cosa– y que contraerá matromonio con quien ellos elijan, pero el detalle de su falta de unción religiosa es algo perturbador y definitivamente dañino para la imagen de la casa real... ¿Cómo subsanar aquel grave defecto de la niña? Por lo pronto, la severa Isabel de Castilla manda –y cuando ella manda es mejor obedecerla sin chistar– que ni un solo rumor sobre el "defecto" de su hija casadera traspase los gruesos muros de los castillos donde se aloja su corte. El temor –que no es nunca tonto– cierra los labios de todos y nadie se anima a revelar el secreto de Juanita, infanta de España. Luego, siendo una mujer más madura, razona su regia madre, Juanita entenderá.

El negocio de casar herederos

En la cámara del concejo, a salvo del frío glacial que el duro invierno de Castilla arroja sobre los muros del castillo, ambos reyes, Isabel y Fernando, están discutiendo a solas el destino de sus hijos. La hermana mayor, Isabel, ya es la reina consorte de Alfonso de Portugal desde hace cinco años, pero no ha dado aún un heredero, con gran disgusto de sus padres, ansiosos de hacerse para la casa real con el reino de ese país gracias a un nieto. Una enorme chimenea deja arder dos grandes troncos de pino, brindando algún calor a la inmensa sala, mientras las llamas se reflejan en los ventanales donde la nieve golpea desde hace tres días. Los esposos han envejecido bastante, tras tantas largas campañas guerreras de él y el agotamiento de llevar adelante la administración general del reino, cargada a espaldas de ella. Fernando de Aragón tiene 43 años e Isabel 44, pero quien los viera diría que una década más, como mínimo. Ella, por otra parte, ha comenzado a mostrar síntomas extraños, imposibles de comprender en la época, molestias y malestares que deberían comenzar a preocupar a la casa real. Él, por el contrario, hasta entonces goza de la salud de hierro propia de los hombres de su estirpe... su muerte está lejana y obedecerá a los abusos que hará, ya mayor, buscando acrecentar su descendencia.

Mientras en la sala del concejo ambos reyes discuten su futuro y el de su hermano Juan, príncipe de Asturias, Juanita reza sin convicción alguna, tal como se lo han ordenado, en la capilla del castillo, arrodillada sobre un rico reclinatorio cubierto de seda. Dos monjas ya de cierta edad rezan con ella y vigilan, como ha ordenado la reina, que la infanta haga su parte sin desmayos ni pausas. Deberá rezar hasta que sus padres le ordenen dejar de hacerlo. Para su hermano, el príncipe Juan, no hay imposiciones tan severas. De hecho, ha salido de caza con otros jóvenes nobles días antes, se encuentra en Valladolid y vaya uno a saber qué está haciendo a esas horas, lejos de la tutela de sus padres. Es el año del Señor de 1495 y el joven tiene ya edad para corretear detrás de quien más le guste, antes que deba acatar la voluntad paterna y contraer matrimonio para darle herederos al trono español.

Juanita, de rodillas en la capilla donde la han confinado, sigue rezando una y otra vez, dando vueltas y más vueltas entre sus manos al rosario de cuentas de oro que perteneciera antes a su célebre abuelo, Juan II de Aragón, el Grande. Isabel de Castilla le confió a su hija esa reliquia esperando que al emplearla en sus plegarias algo de fervor religioso se le pegara, pero de más está decir que todo fue en vano: las preciosas bolas de oro pasan entre los dedos de Juanita maquinalmente, con la misma unción que una tejedora pone al hacer bolillos... Ella rezará dos o tres días, si se lo ordenan, pero ni el más mínimo entusiasmo habrá en sus rezos y no se le caerá jamás una lágrima al susurrar el Padre Nuestro ni el Credo. Una canción de campesinas tendrá siempre más entusiasmo que sus plegarias. Advirtiéndolo, sus celosas custodias las monjas se muerden los labios y le piden a Dios que su Gracia descienda sobre la infanta de España y despierte en el pecho de la jovencita el fervor tan anhelado por la Corona.

En su reunión, mientras tanto, los primos que se han casado por conveniencia gracias a una dispensa papal, hace tantos años, siguen evaluando ventajas y desventajas de emparentarse con esta y aquella casa real europea. Ni él ni ella pierden detalle del delicado asunto, y llevan gastadas horas y horas ponderando las alianzas que podrán hacer según con quién obliguen a sus hijos a casarse.

Todos esos años Fernando ha estado expandiendo el poder del reino hacia el Este, mientras que Isabel lo ha hecho hacia el Oeste, afirmando el dominio de ultramar, esa tierra exótica de más allá del océano que se ha revelado como ¡muchísimo más grande que la misma Europa!

Fernando le ha quitado, por tratados firmados o a punta de espada, posesiones a varias de las casas reales que ahora buscan su alianza. A sus viejos enemigos, los franceses, les ha quitado el Rosellón y la Cerdeña y para frenar los intentos galos de apoderarse de Nápoles y Sicilia, en Italia, hábilmente ha conformado ese mismo año de 1495 la Liga Santa, teniendo por aliados al Papado, Venecia, Suiza, el Sacro Imperio Romano Germánico e Inglaterra, compañía más que eficaz para frenar a los franceses. Un gran éxito diplomático y militar ha acompañado a escala internacional sus empresas, dándole a España un peso político antes inimaginable. Ya sueña el ambicioso Fernando con apoderarse de valiosos asentamientos en el norte de África, para dominar una orilla y la otra del Mediterráneo. Por su parte, la reina se ha ocupado minuciosamente de ocupar, poblar y evangelizar América, y cuando las pretensiones españolas en ultramar chocaron con los intereses portugueses –pues los otros ocupantes de la península ibérica se han hecho de un enorme territorio en el Nuevo Mundo, el actual territorio de Brasil– la casa real española no ha dudado en someter un año antes el conflicto al arbitrio del papa Alejandro VI –Rodrigo Borgia, de origen valenciano– y el tratado fue firmado por los representantes de ambas coronas peninsulares en una villa pequeña de Valladolid, Tordesillas. El Santo Padre había tomado un largo pincel, de pie sobre un mapa del mundo nuevo, y dividido el dominio español del portugués en América... con amplia ventaja para España.

Tordesillas es una palabra casi desconocida para Juanita, la infanta obligada a rezar sin pausa mientras se decide su destino matrimonial. No ha estado allí jamás, sólo ha oído ese nombre cuando la firma del famoso tratado que confirmó su herencia americana, pero en sus últimos años, Tordesillas lo será todo para ella... Tordesillas y sus oscuros recuerdos serán su única realidad.

Por el momento, es solamente una jovencita que reza custodiada por dos monjas, quienes ya comienzan a sentir los efectos de seis horas de estar arrodilladas, sobre las frías y húmedas losas de la capilla, esperando que sus majestades reales decidan lo que todo el reino, menos Juanita, aguarda saber con la mayor expectativa.

En su prolongada tertulia, solamente interrumpida por los sirvientes que ingresan una y otra vez a reponer la leña de la chimenea y servir confituras, sin atreverse a mirar a los ojos a los reyes más poderosos de Europa, Fernando e Isabel están rodeados de retratos y pergaminos. Desde cada rincón del Viejo Mundo, desde la lejana Hungría hasta el cercano y desafiante Portugal; desde la helada Escandinavia hasta la templada Italia, han acudido al castillo embajadores plenipotenciarios en los últimos meses, los mismos que están esperando desde su llegada, alojados en el ala norte de la fortificación, la decisión que significará la fortuna de un príncipe y una princesa extranjeros, al recibir la mano de Juan de Asturias y de su hermana Juanita.

De sobra saben los reyes que poco se puede confiar en aquellos retratos, pues los retratados han sido sin excepción hermoseados hasta la adulación por los artistas que con tan poca precisión han fijado con óleo sus facciones, tratando de disimular una bisquera pronunciada, una boca torcida, la incipiente calvicie o las picaduras propias de viruela. De todas formas, poco y nada significan los retratos y en cambio mucho los pergaminos que los acompañan. Esos documentos sí que son tomados muy en cuenta, en cada uno de los detalles que contienen, por los padres de Juan y de Juanita. En esos pergaminos están estipulados uno por uno los términos derivados del contrato matrimonial propuesto por las potencias extranjeras; qué ventajas acarreará cada caso para el reino español está tan exagerado como la belleza de los retratos y del mismo modo, las desventajas posibles están tan disimuladas como los defectos físicos de los retratados. Mas Fernando e Isabel son expertos en leer entre líneas, descubrir aquí una amenaza, allá un detalle que se le ha pasado por alto a quien redactó el documento que tienen entre manos.

Pasan esa noche entera discutiendo los pergaminos, y también el día siguiente. En la capilla, las monjas que acompañaban a Juanita en sus rezos han sido enviadas a descansar, después de casi una jornada completa de plegarias. Una pareja nueva de religiosas ahora toma su lugar. En cuanto a la infanta, ha desdeñado descansar aunque se lo han ofrecido, por indicación de la reina. Juanita quiere demostrarle que ella es capaz de hacer muy bien lo que se le ordena. Transmitida la voluntad de la orgullosa infanta a sus padres, Fernando ha fruncido su adusto rostro con expresión de satisfacción, en lo que ni siquiera intentó ser una sonrisa; Isabel se ha limitado a suspirar muy sobriamente y menear varias veces la cabeza. Ella sí conoce muy bien a su hija.

Al atardecer de ese día, por fin los reyes de España han tomado una decisión, la más importante primero: Juan de Aragón, heredero del trono, príncipe de Asturias y Gerona, duque de Montblanc, conde de Cervera y señor de Balaguer, su hijo, aunque no lo sepa todavía contraerá enlace con la archiduquesa Margarita de Austria, hija del rey Maximiliano

I de Habsburgo y de la duquesa María de Borgoña, feísima como es, pero depositaria de una alianza más que conveniente para España, en el contexto de esa Europa donde lo imprevisible en cuanto al desbalance político estaba a la orden del día. Urgentemente, un heraldo ha sido despachado por orden real hacia el coto de caza donde, indiferente a su suerte futura, el alegre príncipe todavía soltero entretiene sus ocios persiguiendo ciervos... y también a algunas de sus siervas más apetecibles.

Al mismo tiempo, se ha notificado al embajador austríaco, que lleva meses esperando con sus pares en el ala norte del castillo la decisión regia, que su propuesta ha sido aceptada y que ya puede alardear de su éxito entre sus envidiosos iguales. Sin embargo estos no partirán de inmediato, como el embajador de Austria, a comunicar la decisión española a sus respectivas cortes. Les queda todavía una chance, el "premio consuelo" de esa agotadora espera: la cuestión entendida como menor, la concesión de la mano de Juanita, todavía está por verse... no es el caso esperado con mayor anhelo, pero siempre será mejor que volver a casa con las manos vacías, algo que no será bien recibido, desde luego.

Más relajados por haber tomado ya la decisión más importante, los reyes de España pasan entonces a examinar la cuestión de su hija y a quién le confiarán su mano. Tras discutirlo entre ellos, los soberanos acordaron dejar de lado la propuesta del embajador enviado por la corte de París: casarla con el delfín Carlos, heredero del trono francés. Debilitada por la continuada reyerta con España, acorralada por la Liga Santa que el astuto Fernando de Aragón había conformado el año anterior, no tenía ningún sentido esa alianza y, por el contrario, era fácil adivinar que los franceses buscaban unir a Juanita con el Delfín para neutralizar así la hostilidad española y ponerse a salvo de las demás naciones que integraban la Liga Santa, desde el Papado hasta Inglaterra. Sin más ni más, se descartó toda posibilidad en ese sentido y, por malicia, Fernando de Aragón mandó decírselo al embajador francés aún antes de decidir con quién casaría a su hija, para exponerlo a las burlas de sus colegas, los demás enviados de las casas reales europeas. Esa afrenta no sería olvidada por Francia, pero aquello no preocupaba ni mucho ni poco a los reyes españoles, muy seguros de su poder en aquel momento.

Mas un hecho nefasto vino a turbar su serenidad y relativo buen humor, una vez que habían decidido con quién contraería enlace su heredero. El mismo vizconde que enviaron a burlarse del embajador francés volvió al rato, con el rostro lívido y la voz estremecida. Se trataba de un veterano cortesano y guerrero de la mayor confianza de sus majestades, por lo que debía ser muy grave lo que venía a comunicarles con aquel semblante transformado por la angustia. Isabel, con toda su rígida postura, no pudo reprimir un grito al escuchar el relato del vizconde demudado. Fernando pegó un puñetazo sobre la mesa y torció el gesto, al escuchar aquello.

Estaba relacionado con su hijo, Juan, el príncipe de Asturias y heredero del trono. Al principio, creyeron que se trataba de un accidente de caza, tan común entre jóvenes a los que se deja librados a su albedrío. Mas no, no era aquello. El príncipe, cuyo destino marital acababan de decidir, había tenido que volver al castillo donde residían sus padres de urgencia aunque con la mayor discreción. Había escupido sangre mientras cabalgaba, no le había dado importancia y finalmente se había desmayado antes de llegar a destino. Asustados, los nobles que iban con él volvieron grupas a toda prisa y lo devolvieron al castillo, tras un día entero de marcha. Por el camino habían tenido que apropiarse de un carruaje para trasportar a Juan de Asturias. Afortunadamente para la casa real, todo aquello había sido mantenido en el mayor secreto por el real caballerizo, un marqués de viejo cuño que la prudencia de Fernando de Aragón había agregado al cortejo que seguía a su hijo en una de sus últimas salidas como príncipe soltero.

El juicioso marqués había mandado entrar el carruaje por las puertas traseras, ocultándole a todo el mundo quién yacía en él, cubierto por todas las mantas que habían podido encontrar... Ya en el interior del castillo, el marqués había hecho trasladar al desfalleciente príncipe a sus propios aposentos, pues verlo ingresar así, en aquel estado, en la cámara principesca, era algo que no iba a pasar inadvertido y, lo que era peor, seguramente iba a llegar a los oídos de los embajadores europeos. ¿Quién quería casar a su hija con un príncipe tuberculoso, uno que quizá moriría antes de dar al reino un heredero? Pésimo negocio si el joven moría antes, pues a la joven viuda solamente la esperaba el convento y adiós alianza...

El rey Fernando se felicitó de haber mandado a tan discreto servidor con los jóvenes y dispuso que los médicos atendieran de inmediato a su heredero, mientras que todos y cada uno de sus acompañantes, aunque eran hijos de la mejor nobleza española, deberían permanecer "aislados", por no decir prisioneros, por razones de Estado. Ni una palabra debía salir de sus labios respecto de lo que habían visto y escuchado.

Relevada de sus rezos por una causa mayor, Juanita acompañó a su madre velando por la salud de su adorado hermano, quien pasados unos días se restableció y pudo volver a mostrarse en público, algo pálido, pero a salvo de cualquier habladuría inconveniente para la casa real.

Recién restablecido el príncipe de Asturias, no sin antes dejar de mandar dar misas de agradecimiento por la recuperación del heredero, tornaron los reyes a considerar la cuestión menor del casamiento de su hija, devuelta entonces a su maratón de rezos. Resignadamente, el dúo de monjas tomó posiciones junto a ella, de rodillas sobre las heladas losas de la capilla y comenzaron sus plegarias, pasando unas detrás de otras las bolitas de madera oscura de sus humildes rosarios de convento, mientras la infanta hacía lo propio con las esferas de oro del suyo, empecinada, sin desviar la vista del inmenso crucifijo que tenía al frente, también de oro, con el cuerpo del Crucificado labrado en plata.

Más serenos que unos días antes, los reyes, en la misma cámara del concejo calefaccionada por grandes troncos de pino, tornaron a evaluar ventajas y desventajas de las propuestas realizadas por las cortes europeas. Los embajadores seguían esperando y ninguno sospechaba nada respecto de la salud del príncipe; después de todo, eso era lo único importante.

Por segunda vez, igual que en 1489, el rey de Escocia, Jacobo IV, solicitaba la mano de la infanta, argumentando que ello daría ventajas a España, siendo como era hijo de Margarita, reina de Dinamarca. Con desdén, Fernando arrojó de lado el pergamino enviado nuevamente por el escocés y volvió del revés su retrato, realizado por un artista alemán, un tal Hans Memling. La primera vez que el rey de Escocia había solicitado la mano de su hija apenas llevaba un año en su trono, conseguido tras derrocar a su propio padre, Jacobo III... ¿qué garantías tenía Fernando con semejante yerno?

La discusión apenas duró una hora más. Tanto Fernando como Isabel coincidieron en que, vista la situación, lo más inteligente era estrechar las relaciones con el Sacro Emperador Romano Germánico, el socio mayor de España en la Liga Santa. Juan de Aragón, enfermo y todo, se casaría con Margarita de Austria, la hija del emperador Maximiliano I de Habsburgo, mientras que Juanita sería desposada por Felipe I de Habsburgo, duque de Borgoña, Brabante, Limburgo y Luxemburgo, conde de Flandes, Habsburgo, Henao, Holanda y Zelanda, Tirol y Artois, y señor de Amberes y Malinas, entre otros títulos nobiliarios. Felipe, llamado "El Hermoso", era el hermano mayor de la princesa Margarita... De tal modo aquel matrimonio de primos, Fernando e Isabel, concertó el de sus hijos, quienes serían, además, concuñados.

Los pasos del vizconde enviado por sus majestades a la capilla despertaron de su sopor a las monjas, adormecidas por un día entero de rezos. Cuando comprendieron, suspiraron aliviadas. La infanta, sin embargo, no prestaba atención a las palabras del mensajero, respetuosamente inclinado ante ella, que seguía de rodillas. Sus plegarias le resultaban indiferentes. Lo que venía a decirle el vizconde, también.

Juanita renace con su matrimonio

A bordo de una nave genovesa y a la cabeza de una imponente flota, la jovencita que nos ocupa navega rumbo a Flandes, donde mora su archiduque. Le han dado el retrato de Felipe, enmarcado en oro, figura que confirma por qué el prometido de Juanita es llamado El Hermoso. Sin embargo, la joven desconfía, como todo el mundo, de la veracidad de los pinceles flamencos. Se dice para sí, durante toda la abrupta navegación, que seguramenter Felipe no es tan bello como lo ha representado aquel artista a sueldo. De todas formas, se repite, que sea gordo o flaco, gallardo o jorobado, a ella le importa poco. Solamente está cumpliendo con la voluntad de sus padres, aquello es un mero tema político y para ese momento fue criada y educada durante quince años, los que cuenta hasta la fecha. Qué suceda con ella como mujer casada, la tiene muy sin cuidado. Ya le han dicho que una reina y también una archiduquesa, como ella lo será, debe aburrirse con la mayor dignidad posible y nada más. Engendrar herederos y morirse un día, cubierta de honores, para ser olvidada en apenas unos años.

Con semejante perspectiva, Juanita bien debe de haber deseado la muerte las varias veces que su flota estuvo a punto de naufragar, en el accidentado trayecto hasta Flandes. Pero no murió en la travesía, sino que finalmente llegó a destino, aunque para enterarse de que su prometido, Felipe El Hermoso, no estaba allí para recibirla. Un terrible desaire a la Corona española que las disculpas y lisonjas de los cortesanos del desdeñoso archiduque, apenas un año mayor que la novia, no pudieron hacerle olvidar. Sin embargo, las razones para aquel desprecio de parte de Felipe tenían un sentido político: sus consejeros eran todos partidarios de los Valois, la casa reinante en Francia, la vieja enemiga de España, y se proponían obstaculizar por todos los medios posibles aquella pactada unión. Desairada, Juanita masticó su furia en la que sería su corte, rodeada de hipócritas que solamente deseaban conspirar contra su matrimonio. Asimismo, llegó a su conocimiento que Felipe tenía una conducta francamente atrevida para su edad y condición social, por lo que no desperdiciaba ninguna ocasión que se le presentara con el sexo opuesto, sin importarle edad, rango o condición social... De alguna manera, Juanita sintió brotar en ella los celos, unos celos inesperados, mientras aguardaba en Flandes a un marido que todavía no había conocido.

Pero finalmente lo conoció: desganadamente, Felipe El Hermoso le concedió entrevista y los dos jóvenes, al verse por primera vez, sintieron algo que nunca antes les había ocurrido. Aunque era el suyo un matrimonio pactado, la atracción surgida entre ambos lo convirtió en una unión amorosa, es más, intensamente amorosa. Los planes franceses habían fracasado por completo y ambos jóvenes recibieron el sacramento nupcial el 20 de octubre de 1496, a toda prisa, pues el archiduque, prendado como estaba de su infanta española, no quiso demorar más la noche de bodas. Felipe había olvidado a todas las demás en ese raro caso de amor a primera vista. Para los Reyes Católicos, aquella coincidencia de la naturaleza era una ratificación más de la voluntad de Dios y si ello contribuía a solidificar aun más su trono, qué objeción podrían hacerle a la muy comentada atracción de los jóvenes esposos, el chisme que estaba circulando por todas las cortes europeas, por lo raro del caso.

Tanta atracción dio sus frutos y la pareja, que parecía destinada a ser feliz como en los cuentos de hadas, no le dio a sus casas reales un heredero sino media docena. Esta es la etapa más feliz de la vida de Juana, con su amado marido y sus hijos en una corte que no se parecía en nada a la rígida y monástica de sus padres. Eran más los días de fiesta en la corte de Flandes que los de actividad productiva, o así le parecía a Juana, quien rápidamente se adaptó a aquel nuevo orden de cosas. Una felicidad sólo enturbiada, hasta entonces, por la temprana muerte de su hermano Juan, a los diecinueve años de edad, unos meses después de su casamiento. En 1500 se reveló que su hermana mayor, Isabel, reina consorte de Portugal, estaba por fin embarazada, para alegría de todos y particularmente de Isabel de Castilla y Fernando de Aragón, los futuros abuelos que no veían el momento de anexarse la corona portuguesa. Desgraciadamente, la sombría Isabel de Portugal falleció una hora después de parir al príncipe don Miguel de la Paz, heredero del trono portugués. El sino trágico que parecía imprimir su marca en toda la familia se pronunció nuevamente apenas dos años después, cuando el niño falleció de causas naturales.

Para entonces ya algo estaba cambiando en la vida matrimonial de Juana: su esposo, antes tan enamorado de ella, espaciaba cada vez más sus visitas a palacio, prefiriendo otras compañías. Los celos de Juana crecieron hasta convertirse en un horrible estado de perturbación crónica. Pagó espías que vigilaran por ella a su cambiante marido, pero él y sus sirvientes los sobornaban uno tras otro para que encubrieran como pudieran los disparates amatorios del archiduque, que seguía siendo el hombre más apuesto de Europa, mientras su infeliz esposa, abandonada en su palacio de Flandes, veía licuarse su felicidad tramo a tramo. Para colmo de males, el cáncer de útero que devoraba desde hacía años a Isabel de Castilla terminó con ella el 26 de noviembre de 1504 y se planteó el gran dilema de la sucesión del reino de Castilla, que tras la muerte de sus hermanos Juan e Isabel de Portugal, así como del primogénito Miguel de la Paz, debía recaer en Juana. Pero su madre, furiosa porque la joven jamás sintió fervor religioso alguno, la había desheredado en su testamento, según se supo al abrir los pliegos y ante la sorpresa de todos, principalmente del rey Fernando. El viudo monarca, que había heredado el reino y la astucia de su padre, se las ingenió para que su hija, antes dejada de lado, se convirtiera efectivamente en la nueva titular del trono castellano. Eso hizo renacer el amor de Felipe El Hermoso, convertido así en Felipe I de Castilla... aunque por un tiempo muy breve: apenas hasta su coronación, en 1506.

El rumor dijo y repitió, aquel fatídico 25 de septiembre del mismo año, que el flamante rey había sido envenenado por los franceses, que nunca habían perdonado el desplante hecho al Delfín cuando pidió la mano de Juana, tantos años antes. Lo cierto fue que aquel día dos cortesanos encontraron como fulminado por el rayo a Felipe El Hermoso... cosa que su esposa, Juana, nunca iba a admitir. Jamás.

Pasados meses del fallecimiento de su voluble marido, ella seguía repitiendo que lo veía todos los días montado en su mejor caballo de justa, que iban de paseo por las rotondas del jardín de palacio, que el rey jugaba con sus hijos y estaban ellos dos más unidos que nunca, mientras ella, encinta de aquel rey muerto, esperaba el nacimiento de una hija que recibiría el nombre de Catalina. Ya cuando nació la niña, el pueblo llamaba a su madre "Juana La Loca".

Envejecido y solo, Fernando de Aragón tuvo que darle la razón a los que le decían que su hija la había perdido y mandó encerrarla para siempre en un convento de Tordesillas, en febrero de 1509. Juana tenía entonces apenas veintinueve años. A solas con el fantasma de su amado Felipe El Hermoso, allí moriría ella recién el 12 de abril de 1555, a los setenta y cinco años de edad, sin haber recuperado la cordura ni por un solo instante.

Romeo y Julieta

Falta poco más de una década para que termine el siglo XVI, cuando por el camino polvoriento que lleva a Londres un hombre todavía joven va a pie, desafiando el frío de la estación. Hace dos días que ha dejado atrás su pueblo natal, Stratford-upon-Avon, distante más de 150 kilómetros de la capital inglesa, y las pocas provisiones de boca que llevó consigo se han terminado. Hijo de una familia próspera que luego se ha arruinado por algunas maniobras fraudulentas de su padre, ha optado a los dieciocho años por casarse con una mujer ocho años mayor que él, cuando ella ya estaba embarazada de tres meses. Han tenido tres hijos, entonces pequeños, a los que nuestro hombre abandonó al dejar su pueblo. ¿Por qué lo hizo, por qué dejó atrás su matrimonio, sus hijos, una vida relativamente segura y mediocre? Porque nuestro hombre quiere ser feliz y no lo será a menos que triunfe en sus dos grandes pasiones: la poesía y el teatro. Hasta ese momento ha escrito piezas breves, bosquejado comedias, escrito versos; su educación es algo más que mediana, pero está dispuesto a aprender cuanto sea necesario y, además, posee como mayor capital una enorme, deslumbrante imaginación, y un poder de observación absolutamente fuera de lo común. Las pasiones humanas, los conflictos y las contradicciones, la miseria y la virtud del espíritu son su materia de trabajo y quiere convertir todo eso que tan bien ya comprende en obras inmortales, dramas que le darán una fama imperecedera... algún día. Por el momento es alguien que marcha de a tramos por ese sendero que parece interminable, de noche y de día, ocultándose cuando a lo lejos aparece algún carruaje o un carretón de campesinos o un caballero solitario balanceándose semidormido sobre su montura. Teme ser descubierto y obligado a volver con su familia y tiene temor también de ser confundido con un vagabundo y arrestado. Duerme cuando el cansancio lo vence, siempre oculto entre los pastizales altos que crecen al borde de su ruta.

Lejos, siempre lejos –aunque seguramente más y más cerca– está la capital de Inglaterra, la ciudad que con sus teatros, sus mecenas y todas sus posibilidades lo atrae como el fuego a una mariposa. Él quiere triunfar y está dispuesto a todo para llegar a su meta; por esa sola causa ha dejado detrás suyo su vida anterior en busca de una nueva y aún desconocida. Está pleno de ideas, siente por momentos que si se sentara al borde del camino, allí mismo, podría materializarlas en el papel; pero no, ya tendrá tiempo para eso. Primero debe llegar a Londres, a la gran ciudad donde todo es posible. Sus zapatos se han arruinado en el camino y sus ropas lucen sucias por el polvo y el viento. Tiene frío, hambre y sueño, pero sigue adelante.

Se llama William Shakespeare y, por el momento, nadie podría distinguirlo de un vago, un ladrón o un demente de esos que andan por ahí, sin rumbo y sin motivos.

Días después, barbudo y desaliñado, llega a Londres, a los suburbios de Londres. Su idea de la ciudad era muy diferente de esa realidad que se presenta ante él. Aquel perímetro no se parece en nada a lo que su imaginación había creado. Ha llovido y las calles de tierra son un pantano fangoso donde sus rotos zapatos se hunden sin remedio; Londres, el suburbio de Londres, huele mal y se ve peor. Grandes pilas de basura que la gente arroja sin mayores cuidados desde las mismas ventanas se alzan en plena calle. Todos gritan y se empujan, hombres, mujeres y niños van a su antojo sin reparar en nadie y los empujones que recibe el fugitivo provinciano se suman a insultos si, por descuido, es él quien tropieza con alguien. En los callejones ocupados día y noche por prostitutas viejas que parecen brujas al acecho, bocas desdentadas y manos con pústulas y uñas sucias lo llaman con su dudosa oferta; en cada esquina, en grandes tachos repletos de grasa hirviente, vendedoras harapientas revuelven y ofrecen a los gritos salchichas de carne de caballo, frituras de gallina, intestinos asados de cordero. Un granjero que conduce su piara de cerdos por el medio de la calle, ocupándola por completo, se ha tomado a puñetazos con un vago y no lleva la peor parte. Inmediatamente de comenzada la pelea, una multitud se forma en torno de los luchadores, pugnando a los codazos por ver mejor cada sangrienta instancia del combate. Las mujeres y los hombres gritan a favor o en contra de cada uno de los pugilistas improvisados y alguno aprovecha la ocasión para hacerse de un lechón y escapar con su botín: dos o tres que lo han visto hacer corren tras él arrojándole piedras y los más soeces improperios. Los niños semidesnudos gritan reclamando a sus madres, que los han dejado sobre el barro y la inmundicia para ver mejor la pelea; unos chicos, bastante mayores, recorren en banda el perímetro de la multitud agolpada allí para dar con una oportunidad de robarse una cartera, arrebatar una capa o simplemente manosear impunemente a una muchacha...

Ese es el Londres por el cual Shakespeare ha dejado a su familia, su pueblo, cuanto conocía desde su nacimiento. Desalentado y agotado por la larga marcha, el futuro genio consagrado por los siglos ha dejado caer sus desilusionados veintiséis años sobre una cerca arruinada, a falta de mejor silla, y allí permanece largo rato entre la muchedumbre sucia y gritona que son los londinenses de las orillas de la gran urbe.

No ha comido nada en dos días y se siente débil, mientras la multitud sigue festejando la golpiza que el robusto granjero le está dando a su oponente. Todos están distraídos, nadie lo mira. A unos metros de él, uno de los vendedores callejeros se ha vuelto de espaldas, atraído él también por el espectáculo de esos dos que están peleando. Junto al tacho de grasa hirviendo, sobre una mesa tosca, el marchante estaba partiendo gallinas fritas con un hacha. Shakespeare siente una punzada en su estómago vacío; entonces, sin pensarlo, se abalanza sobre la mesa del vendedor distraído, toma media gallina grasienta y huye calle abajo, exactamente en el momento en que el marchante se vuelve y lo ve escapar. Dando gritos, el damnificado corre detrás del improvisado ladrón, que por el susto deja caer su miserable botín creyendo que eso calmará a su perseguidor. Pero se engaña: el vendedor sigue corriendo detrás de él, agitando en la diestra el hacha que usa para descuartizar su mercadería. Así llegan al límite de la calle, donde están los montones de basura, mas el padre del teatro isabelino está muy débil por el esfuerzo realizado y ya su perseguidor está por darle alcance... cuando una mano fuerte toma al fugitivo del cuello y un certero puñetazo lo arroja al piso fangoso. Dedos hábiles y experimentados sujetan con cuerdas sus muñecas: tres alguaciles habían sido atraídos por la pelea de calle arriba, y no han perdido la ocasión de aprender a un ladrón.

Entonces, mientras dos de los oficiales contienen los furores del vendedor callejero, quien insiste en hacer justicia por mano propia, el tercero sostiene al aterrado dramaturgo ya maniatado, manda detener un carruaje y los cuatro parten hacia la cárcel del distrito. La primera noche en Londres y también algunas de las sucesivas, el futuro gran autor universal las pasará hospedado por cuenta y cargo de Su Majestad... en la cárcel.

En la celda no estará solo. Cuando lo arrojan dentro de aquel cuartucho reducido y maloliente, a la espera del juez que decidirá su destino, una vez que sus ojos se acostumbran a la penumbra descubre sobre un catre, tendido cuan largo es, a otro hombre, otro criminal. Uno que no le habla ni parece siquiera registrar su presencia cuando los guardias cierran de un golpe la puerta de roble macizo y echan por fuera los cerrojos. Con las manos de nuevo libres, tanteando en la semioscuridad, Shakespeare encuentra un sitio donde sentarse, sobre el frío suelo de la celda. Un rayo de luz, muy débil, cruza la estancia, proveniente de una ventanuca situada casi a la altura del techo y resguardada por gruesos barrotes de hierro. Pasan horas en absoluto silencio, hasta que el misterioso primer ocupante de aquel cuarto de encierro, con voz cavernosa, pregunta:

–Y a ti, muchacho, ¿por qué te encerraron?

Sorprendido, William contó su desgraciado caso, pero se sorprendió todavía más cuando aquel sujeto comenzó a reírse a carcajadas, al parecer muy divertido con su relato.

Molesto por la grosería de su compañero de celda, el joven prisionero le preguntó quién era él para burlarse tan burdamente de hechos tan penosos. El otro dejó de reír y le dijo con desprecio:

–Yo soy Chistopher Marlowe, ¡patán de provincias!

¡Christopher Marlowe! William no podía creerlo, hasta que el otro estiró la cara hacia él y sí, allí lo vio, a medias iluminado por la luz de la ventanita. Para muchos, el mayor dramaturgo de la época; Marlowe, celebrado en todo el reino y tan célebre por sus obras como por su vida disipada, donde se mezclaba la afición a la bebida, las mujeres, los duelos y la intriga, con la más inmoderada pasión por el juego. ¡Marlowe!, se repetía William, sin poder creerlo. Las habladurías indicaban que, amén de lo anterior, el famoso autor de teatro no dejaba de ganar sus buenas monedas como espía de la reina, por lo que era tan temido como odiado y admirado. William había visto el retrato de Marlowe pocas veces, grabado en libros que había leído o en folletos de obras teatrales, pero nunca lo había olvidado: esa mirada despectiva, ese gesto de asco permanente y sobre todo, esa larga cicatriz desde la barbilla hasta la sien derecha que le cruzaba la cara... Parecía más un pirata o un siniestro asesino que un famoso dramaturgo, pero era indudablemente él. Evidentemente, sus contactos profesionales con la Corona no le daban impunidad y allí estaba.

Escupiendo de lado con desprecio, el sujeto adivinó sus pensamientos y se adelantó a su pregunta, la que William no se animaba a hacerle:

–Juego, pierdo, sigo apostando. El tramposo me reclama la deuda, saca un puñal, se lo quito con tanta mala suerte que se hiere la mano el muy estúpido y entonces llegan los alguaciles. Aquí estoy hace tres días, conversando ahora con un tonto.

Deslumbrado por su compañero de celda, William ni siquiera escuchó su nuevo insulto, sino que comenzó a explicarle muy tímidamente quién era él, qué lo había traído a Londres, cuales eran sus sueños. Si, recuperada la libertad, Marlowe quisiera ayudarlo, presentarlo en algún teatro, hablar de él con alguna de las numerosas compañías de la capital inglesa...

Marlowe volvió a reírse de él, con el mayor desdén. Era un sujeto muy desagradable, pero allí no había otro y además, le parecía a William que ese fortuito encuentro podía ser la llave para sus primeros contactos y futuros éxitos en Londres. ¡Marlowe!

Cuando dejó de reírse, el cautivo le preguntó qué había escrito, cuáles eran las tramas de sus obras.

Más animado, William le contestó resumiendo las ideas generales de algunas de sus comedias, lo poco que había escrito hasta entonces. Mas en mitad de su relato, Marlowe lo interrumpió con violencia, diciéndole:

–Eso es simplemente basura de la peor, muchacho. ¡Nunca te harás un nombre en Londres escribiendo comedias de mala muerte! Londres solamente se entrega al drama, el género mayor, ¡tú nunca serás nada, muchacho!

Shakespeare se contuvo, picado en su orgullo por aquel grosero fanfarrón, que lo ofendía a cada frase y lo seguía llamando "muchacho", como si fuera un sirviente o un campesino.

De pronto, tuvo una idea. Él también podía desafiarlo, después de todo.

Afectando resignación, William le dijo que sin duda tenía razón al desechar sus argumentos, pero que no se le ocurría quién pudiese tener una idea original y dramática para llevar a las tablas, cuando todos los temas ya habían sido representados.

Picado en su orgullo, Marlowe le dijo que la cuestión no era el tema, sino cómo se trataba el tema en el libreto... Que de cualquier historia, él podía en tres días escribir un drama. Sonriendo para sí mientras lo oía replicar ya con un tono muy diferente al que había empleado antes, William le dijo que él, Shakespeare, podía hacer lo mismo y lo haría apenas saliera de la cárcel. Al escucharlo, Marlowe se rió de nuevo y le informó que si tenía algún dinero –y William algo tenía consigo– en tres días lo sacarían de la cárcel por haber arrebatado un pollo, tras pagar la multa. Aunque sucio y maltrecho, William era un sujeto con ocupación demostrable y no le cabrían los castigos que se le propinaban a los pobres. Además, la media gallina había sido devuelta a su dueño. La multa y tres días de arresto iban a ser suficientes. A él, a Marlowe, le esperaba un mes más de reclusión por deudas, riña y lesiones, más escándalo público... pero también saldría. Entonces, él, Marlowe, le regalaría a William un argumento original, y si un mes después, cuando lo liberaran, Shakespeare se presentaba en su casa con el libreto escrito y era éste además convincente, él mismo lo presentaría a su propia compañía. Sonriendo con desprecio, agregó el famoso dramaturgo que lo proponía con absoluta confianza en que un campesino nunca podría vérselas con un argumento como éste.

Afectando humildad, Shakespeare se dispuso a escucharlo.

Marlowe comenzó su relato, apoyando la espalda en la pared contra la que estaba apoyado el catre y con los ojos clavados en el muro opuesto, donde el débil rayo de luz de la ventana se iba poco a poco desdibujando.

"Hace cosa de trescientos años" –dijo– "en una ciudad de Italia llamada Verona, donde tú, muchacho, jamás pondrás el maldito pie, había dos familias tan ricas como rivales.

Una era la casa Capuleto, la otra la estirpe de los Montesco. El príncipe de Verona, Della Escala, había prohibido severamente los duelos, pues Montescos y Capuletos llevaban años matándose entre sí...".

Muy interesado, William intentó preguntar algo, pero con un gesto hosco, su compañero de celda lo mando callar:

–¡Cierra tu grosera boca, campesino mascador de cebollas, que es el gran Marlowe quien está hablando!

William se mordió los labios y se calló, pero su interlocutor no vio aquello porque ya entonces la oscuridad era casi completa en esa celda húmeda y helada. Entonces, Marlowe prosiguió:

"Si alguno violaba la orden del príncipe, la pena sería la muerte. Por esos días, el conde Paris se entrevistó con el patriarca de los Capuleto para pedir formalmente la mano de su hija, la bellísima Julieta. Ya sabes tú, un matrimonio de esos muy convenientes, aunque la niña tenía trece años... Su padre aceptó en principio la propuesta del conde, pero le exigió esperar a que Julieta cumpliera los quince. Para celebrar ese acontecimiento, el conde organiza una fiesta de esas que dan los ricachones. Bien, mientras tanto, un joven llamado Benvolio conversa con su primo, Romeo Montesco, quien estaba muy deprimido por una frustración amorosa, animándolo a concurrir a la celebración de los Capuleto. Benvolio suponía que su primo estaba deprimido porque una chica llamada Rosalina, prima de Julieta, lo había rechazado... los jóvenes son estúpidos y se deprimen porque no saber tratar con mujeres. De improviso, Romeo se anima y acude a la fiesta donde no había sido invitado, esperando reencontrarse con Rosalina; mas Dios o el Diablo meten baza en el asunto y he aquí que de buenas a primeras da con la bella Julieta; se queda pasmado al verla y se enamora de ella como un auténtico idiota... A la primita de Rosalina, prometida al conde, le sucede lo mismo. Ahí tenemos el romance, campesino".

Mientras Marlowe le contaba todo esto, William se lo iba imaginando en verso, dibujando las escenas en las sombras cambiantes de la celda. Los ropajes, las luces, los rostros de los actores iban desfilando en detalle por su mente.

"Lo cierto es que esa misma noche Romeo se coló en los jardines de la mansión Capuleto, terminada la jarana, justo a tiempo de escuchar oculto a Julieta, quien desde el balcón de su cámara proclamaba su amor por él, pese a que su casa y la de los Montesco eran enemigas. Aquí tenemos el conflicto, muchacho."

"El tiempo pasa y ambos amantes repiten sus encuentros, mientras su pasión prohibida crece y crece. Deciden unirse para siempre, en matrimonio. Un cura, llamado fray Lorenzo, espera valerse de los enamorados para lograr que ambas familias se reconcilien. Los curas siempre tienen buenas intenciones. Romeo y Julieta se han jurado amor eterno y concretando su unión, se casan a escondidas. Pero las cosas no van a salir muy bien, pues si no esto no sería un drama. Entra en escenas Teobaldo, uno de los primos de Julieta, quien está muy ofendido con Romeo porque ha concurrido a la fiesta sin haber sido invitado. Teobaldo reta a duelo a Romeo, pero inesperadamente el enamorado evita el lance... Uno de sus amigos, Mercucio, se enoja tanto por la insolencia de Teobaldo como por el soslayo que hace Romeo del trance del honor y acepta el desafío en lugar de su amigo. Teobaldo se carga a Mercucio y Romeo, dolido por la muerte de éste, desafía a su vez al primo de Julieta y lo mata en duelo. Enterado del asunto el príncipe de Verona, en consideración del rango de los Montesco no manda ejecutar a Romeo, pero lo destierra de la ciudad, con todo lo que eso implica. Si Romeo vuelve a Verona, donde reside su amada Julieta, el príncipe Della Escala hará cumplir la conmutada sentencia de muerte por el asesinato de Teobaldo. Las cosas se ponen muy malas en esta parte. Ignorándolo todo, como siempre sucede con los padres, el viejo Capuleto insiste en casar a su hija con el conde Paris, diciéndole que así será feliz. El viejo se equivocó de medio a medio respecto de la causa de la pesadumbre que experimentaba Julieta... Ella disimula como puede lo que realmente sucede, finge dejarse convencer por su padre y aceptar al conde, aunque le da largas al asunto de celebrar efectivamente las bodas. En tanto, Romeo torna a Verona a riesgo de su vida y pasa la noche con Julieta... tú sabes lo que quiero decir. La parejita necesita urgentemente ayuda exterior y la joven acude para ello al cura Lorenzo, desesperada la pobre niña... La solución que le ofrece el sacerdote es ingeniosa: le sumistrará una pócima que la hará parecer finada durante varios días... de tal manera Romeo podrá hacerse con el cuerpo, ella volverá a la vida y ambos escaparán juntos. La muchacha acepta la proposición del cura y éste se ofrece a llevarle a Romeo la explicación del plan, para que vuelva a Verona cuando Julieta se reanime. Antes de que se concrete su boda con el conde, la joven se traga la pócima y todos la dan por fallecida. Su destino es la cripta de la familia Capuleto... todo iba bien, pero el fraile Lorenzo no da con Romeo y éste no se entera así de lo que realmente le sucedió a su amada. Peor que eso: Romeo se topa con uno de sus sirvientes y el sujeto le refiere que Julieta ha muerto antes de la boda con el conde Paris. Abrumado por lo que cree que sucedió, el infeliz de Romeo corre a la botica y consigue un veneno fulminante; luego acude a la cripta para darle el último adiós a Julieta. Allí se encuentra con el desolado conde Paris, quien lo confunde con un ladrón de tumbas, lo enfrenta y Romeo lo despacha allí mismo. Seguro de que Julieta ha muerto, Romeo ingiere una dosis suficiente de la ponzoña que lleva consigo y se muere juto al cuerpo exánime de la joven. Ella despierta entonces y se encuentra con los cadáveres de Paris y el hombre que ama. Desesperada, Julieta se quita la vida con el puñal de Romeo. Cuando los Montesco y los Capuleto hallan los tres cadáveres en la cripta, fray Lorenzo confiesa cuanto ha sucedido con los jóvenes amantes de Verona y la antigua reyerta entre esas poderosas familias termina para siempre...".

Marlowe guarda silencio luego de su relato, aguardando a que William le diga algo, pero como él no lo hace, extasiado como ha quedado por la historia, comienza a amodorrarse y finalmente William puede oír sus sonoros ronquidos, mientras sigue soñando las escenas de aquel desgraciado drama que acaba de escuchar.

Tal como le dijo Marlowe, tres días después es liberado, mientras que su desdeñoso compañero tiene para un mes más a la sombra. Shakespeare nunca se presentará en la casa de Marlowe con el libreto de aquel drama, pero no lo olvidará. Escribirá comedias y escribirá otros dramas, pero años después, cuando Marlowe ya ha muerto en un misterioso episodio de cantina y ha comenzado a ser olvidado junto con sus obras, Shakespeare, que en tanto se ha convertido en un exitoso autor y empresario teatral, un día tomará la pluma, la mojará en su tintero y trazará con grandes letras angulosas, sobre el pergamino, el título de otra obra maestra: "La más excelente y lamentable tragedia de Romeo y Julieta".

Sissi de Baviera y Francisco José

Su Alteza Real tiene 5 años

Elisabeth Amalie Eugenie von Wittelsbach, popularmente conocida como Sissi, nació el 24 de diciembre de 1837 ya con el título de duquesa de Baviera y era tratada como Alteza Real por la multitud de sirvientes, cortesanos y funcionarios que merodeaban en torno de ella desde niña. Mientras que su padre provenía de una rama menor de la alta nobleza, su madre, Ludovica, era hija del rey Maximiliano I de Baviera y en consecuencia una princesa real. Pese a que eran una familia de primer rango, no gustaban demasiado de las formalidades de la corte imperial, por lo que la infancia de Sissi y sus hermanos se desarrolló en el castillo de Possenhofen, una gran propiedad que inicialmente era solamente la residencia veraniega de los duques, mas que pasó enseguida a ser su hogar permanente. En aquellos tiempos grandes bosques rodeaban el castillo y llegaban hasta el bellísimo lago Starnberg, el quinto más grande de Alemania. La niña fue feliz correteando por esos hermosos parajes, montando a caballo y haciendo todo tipo de travesuras en compañía de sus hermanitos. Era consentida por todos y cada uno de los habitantes del castillo, y particularmente por su padre, quien abandonaba el gesto hosco y solemne que le era tan propio de solo ver a su preferida. Dichosa y despreocupada, la niña ignoraba que llegaría a ser, aún muy joven, emperatriz consorte de Austria y reina consorte de Hungría, Bohemia, Croacia, Eslavonia, Dalmacia, Galitzia, Lodomeria e Iliria. Tampoco sabía que, en la madurez, la tragedia y la fatalidad más negras habrían de cubrirla con sus sombras.

En aquel magnífico palacio del siglo XVI adquirió una educación esmerada al tiempo que se iba desarrollando su belleza, tan notable que en su tiempo, cuando se hizo mujer, fue consagrada como una de las más hermosas de Europa. Los retratos de su tiempo la muestran como de estatura algo más elevada que lo común, muy esbelta, de facciones prácticamente perfectas, con su largo cabello castaño oscuro recogido a la moda y vistiendo siempre espléndidamente... es que Sissi fue toda la vida –incluyendo su última etapa vital– extremadamente cuidadosa de su figura y su arreglo, al extremo de hacer unas dietas tremendas para conservar lo que suponía era el punto óptimo de sus formas. Sissi, la emperatriz Sissi, fue la primera de una larga lista posterior de célebres bulímicas: ya adulta, redujo sus comidas a pescado hervido, una naranja y un solo vaso de jugo de carne exprimido. Al cumplir apenas treinta años y en el cenit de su belleza, juzgó que era conveniente que nadie viera ni una sola arruga en su rostro todavía juvenil, por lo que a partir de entonces solamente se dejó ver en público con la cara cubierta por un elegante velo de gasa... ¡cuando tenía un rostro bellísimo!

Pero volviendo años atrás, seguimos viéndola corretear por los patios del castillo bajo la atenta mirada de sus nanas y cuidadores; nadando en el lago, montando alguna de sus yeguas favoritas. Toda su vida y desde la más temprana edad fue aficionada a los deportes, incluso con una intensidad que era algo extravagante y desusada para un dama de la más alta sociedad, como lo era ella. Para Sissi, los deportes y la gimnasia, que practicaba todos los días, no solamente eran una gran diversión, sino otro medio para conservar su perfecta figura. Siendo ya emperatriz, mandó instalar en una de sus habitaciones algo que era absolutamente impensable, entonces, para la cámara de una dama: un gimnasio completo, con barras, anillas y aparatos, donde cada mañana y cada noche consagraba varias horas a sus prácticas de ejercicio, cada día del año.

Así como era de aplicada y hasta maniática con su cuerpo, lo era con su mente. La curiosidad intelectual y las capacidades de la bella joven que era en su infancia y primera juventud la llevaron a adquirir una cultura muy superior a la media esperada en una aristócrata de su tiempo. Ya adolescente, hablaba y escribía a la perfección en alemán, inglés, francés, húngaro, latín y griego y sus conocimientos de geografía, ciencias naturales, matemáticas y geometría eran asombrosos aun para sus maestros. Entre sus aficiones figuraba asimismo su amor por los animales, complaciéndola su padre con la adquisición de numerosas mascotas, algunas de ellas absolutamente exóticas. Llegó a albergar el viejo castillo familiar un verdadero zoológico en miniatura, a fin de satisfacer los gustos de Sissi, quien se iba transformando en una adolescente de belleza deslumbrante.

El flechazo... en la dirección no esperada

Cuando sus hijas llegaron a "la edad de merecer", el duque de Baviera y su esposa, la princesa real, comenzaron a sopesar las diversas posibilidades de concertar para ellas matrimonios convenientes para su abolengo y condición social, así como para la fortuna familiar, muy al uso de la época. Aunque ya no estaban en los tiempos de sus abuelos, cuando la voluntad paterna era algo que nadie iba a contradecir en éstas y otras delicadas cuestiones y la hija casadera ya tenía voz y voto respecto de su estado civil, aún la voluntad familiar tenía un alto peso en esas decisiones y hasta seguía un orden muy bien determinado la sucesión de casamientos a concretar, en caso de que hubiese más de una niña en la casa. Primero se buscaba casar a las mayorcitas, o sea que la cosa iba "por orden de aparición", no fuera a ser que alguna se quedara solterona. Así, la primera preocupación del duque se enfocaba en el futuro de su hija Elena Teresa Carolina de Baviera, no tan agraciada como Isabel pero sí una belleza para considerar, ya de dicecinueve años. Isabel, la menor, contaba dieciséis en ese día de 1853 en que los duques de Baviera y sus retoños visitaron la residencia de la tía Sofía de Baviera, archiduquesa también preocupada por casar convenientemente a su hijo Francisco José, de 23 años, primo de las niñas, pero además heredero de la corona imperial austríaca desde 1848, cuando apenas contaba con dieciocho años de edad. El joven emperador era un hombre extremadamente buen mozo y atlético, acostumbrado a las turbulencias del poder: de hecho, apenas asumido su regio cargo, tuvo que luchar contra las reivindicaciones sociales y la ideología democrática que amenazaban el acostumbrado absolutismo de su imperio, el austrohúngaro, una de las mayores potencias de la época, que solamente caería tras la Primera Guerra Mundial, en el siglo siguiente. Buen ejemplo de la mano dura del joven autócrata fue la manera en que reprimió los intentos independientistas de Hungría, que abarcaba buena parte del territorio de su imperio y en principio se negó a reconocerlo como su soberano. El emperador no dudó en aliarse con Rusia para darle guerra a los rebeldes húngaros, aplastar la república que ellos proclamaron y dividir el país en cinco secciones, para debilitar todo intento futuro de independencia.

Empero, a la hora de auxiliar a su aliado ruso cuando estalló la guerra de Crimea, el implacable Francisco José I de Austria le hizo un corte de manga al zar Nicolás I y miró hacia otra parte mientras una coalición de potencias europeas lo enfrentaba. Ese era el gran candidato de la amorosa hermana mayor de Isabel, Elena, quien acudió con toda su familia al lugar más de moda en todo el imperio, la ciudad y balneario de Bad Ischl, en la Alta Austria. Las propiedades curativas de las aguas de la región eran legendarias y era de buen tono pasar largas temporadas en los elegantes hoteles de la zona, dotados de las mayores comodidades y cuantos refinamientos y lujos podía ofrecer el gran mundo de entonces. Mientras que en el resto del imperio la carestía de la vida, la inflación y los conflictos sociales que una mala administración política y económica originaba se iban convirtiendo cada vez más seguidamente en episodios de violencia, con manifestaciones y huelgas duramente reprimidas por la policía y hasta el ejército imperial, en Bad Ischl todo era maravilloso, espléndido y sereno. Además, muy seguro...

Por esas y otras razones no menos valederas, el poderoso primo Francisco José había elegido aquel sitio de su vasto imperio para establecerse en una magnífica villa veraniega, donde pudiera escapar de las fatigas y los disgustos que acarrea llevar una corona tan pesada sobre las sienes. Cuando sus familiares directos, los duques de Baviera, llegaron a la villa, el emperador estaba ultimando los detalles de su traición a su antiguo aliado el zar Nicolás, a quien las potencias aliadas del Reino Unido, Francia, el Imperio Otomano y el Reino de Piamonte y Cerdeña le iban a dar una inolvidable paliza en una guerra que iba a durar más de tres años, con un saldo de más de trescientos mil muertos y heridos.

Pero nada de esto contaba para aquellos regios y encumbrados personajes, rodeados del mayor lujo de la época: el imperio austrohúngaro, se suponía, iba a durar eternamente... lo que siempre se supone que durarán todos los imperios.

En el mismo carruaje que su hermana Elena, la proyectada prometida de Francisco José y su madre, Ludovica, viajaba la hermana menor, la hermosa Isabel. A recibirlas acudió entre un mar de pajes, mucamas y otros servidores la tía Sofía de

Baviera, quien había concertado con su hermana que ambos jóvenes "se encontraran" por mera casualidad en aquel balneario, con la excusa de que la duquesa Ludovica debía tomar unos baños termales por su lumbago... Ambas, Sofía y Ludovica, se sonreían con complicidad mientras ingresaban en la espléndida mansión principal de la villa imperial, la nube de sirvientes en torno de ellas acarreando todo tipo de equipaje. Dos pasos detrás de su madre, tomada del brazo de su hermana Isabel, iba la dulce Elena, sonrojada de volver a ver a su apuesto y autoritario primo, quien se suponía que iba a llevarla al altar y luego coronarla él mismo como su emperatriz... aquel era el sueño máximo de cualquier heredera de la alta nobleza europea, y le tocaría a ella el premio mayor...

Mas bien sabemos que los hombres disponemos las cosas de una manera y luego Dios, la casualidad o el destino, en lo que prefiramos creer, establece cuál será el desenlace. Las damas ingresaron a la mansión, cuya planta más alta ocupaban las cámaras y las oficinas imperiales, esperando que el poderoso Francisco José I estuviera allí para recibir sus reverencias y saludos, iniciando una velada encantadora... Grande fue su desilusión, que las amables palabras de la tía Sofía no logró disipar, cuando solamente uno de los secretarios del emperador bajó a toda prisa las suntuosas escaleras de mármol para excusar a Su Alteza Serenísima: la Guerra de Crimea, ya a punto de estallar, lo obligaba a perder algo más del tiempo que esperaba consagrar a tan encantadoras visitas, por lo que madres e hijas tendrían que esperar algunos minutos más... Minutos que se transformaron en horas, mientras más embajadores extranjeros, más diplomáticos imperiales y más generales de primer rango acudían a la villa, por la inminencia de las hostilidades... Muy contrariada por el cariz que iba tomando la situación, la madre de las jóvenes optó por ocupar sus habitaciones y mandar desempacar: nadie se iría de allí hasta que no apareciera el primo Francisco José, así el mismísimo demonio acabara esa tarde con el Imperio Ruso y la dinastía Romanov. Obedientes, sus hijas hicieron lo mismo, mientras que la preocupada tía

Sofía se deshacía en agasajos para intentar calmar las iras de su irritada hermana, la duquesa de Baviera.

La cena se celebró en el gran salón principal, con todo el fasto esperable entre invitados tan distinguidos... mas el emperador no bajó a cenar, ni siquiera cenó esa noche, enfrascado en la situación política apremiante para Europa toda.

Elena, sin saber qué hacer, decidió retirarse a sus habitaciones antes de la medianoche, entre las excusas de su tía Sofía y las protestas de su madre, Ludovica, quienes finalmente también se retiraron agotadas.

Isabel, en cambio, prefirió seguir jugando con dos hermosos perros de compañía que pertenecían a su espléndido primo. Aquellos cachorros juguetones le despertaron nostalgias de su propias mascotas, los innumerables consentidos que había dejado en el lejano castillo. Jugando con los perritos sobre las magníficas alfombras del salón de descanso, donde ya habían encendido las chimeneas y mandado a dos mucamas permanecer despiertas y allí de pie, por si a Sissi se le antojaba algo, ésta dejó de lado la rígida etiqueta de la mansión imperial y volvió por un rato a ser la misma niña que correteaba con sus animales favoritos por los bosques junto al río natal...

Fue entonces que cansadísimo, con el cabello revuelto y desfalleciente de hambre y sueño, uno de los hombres más poderosos de Europa, Francisco José I de Austria, logró por fin librarse de todos sus diplomáticos y asesores militares y bajar de sus aposentos a la primera planta de su magnífico palacio de verano...

Mientras los guardias hacían chocar sus armas y sus botas al paso de Su Alteza Serenísima, que iba directamente hacia el ala norte de la mansión, los perritos de compañía lo olieron de inmediato y salieron corriendo hacia donde venía su amo... con Sissi, de dieciséis años, riendo detrás.

Ella y el emperador su primo se encontraron en uno de los corredores del palacio, sin quererlo. En realidad, ella prácticamente tropezó con él y cayó en sus brazos, distraída al perseguir a las mascotas... Sorprendida, ella lo reconoció en el acto y con la mayor premura hizo las reverencias que se esperaba, ante la cabeza coronada de aquel imperio. Él, por primera vez desde que había comenzado a amenazar la guerra, cuando se repuso de su sorpresa sonrió. Y siguió sonriendo y olvidó el sueño, las preocupaciones y el cansancio ante la belleza suprema de su prima, Isabel de Baviera, Sissi.

Un escándalo familiar y un emperador inflexible

Acostumbrado desde los diceciocho años a decidir sobre los destinos de cincuenta millones de personas, Francisco José impuso su voluntad a sus propios parientes, pese a las protestas de sus tíos y los ruegos de su madre, las lágrimas de la pobre Elena y los sonrojos de la bella Sissi. Enterado del escándalo, el padre de la imprevista novia de su poderoso sobrino se inclinó ante la voluntad imperial al recibir las fórmulas del contrato matrimonial, que más que proponer, exigía el joven monarca. La prensa europea, aunque primordialmente centrada en las instancias del gravísimo conflicto armado que sacudía el Viejo Mundo, no dejó de ocuparse del escándalo de la casa imperial austrohúngara, caricaturizando despiadadamente a sus protagonistas. La inocente Sissi, envidiada por todas las jóvenes casaderas de los linajes reales europeos, aparecía en los periódicos de la época como una "robahombres" que no había dudado en quitarle el regio prometido a su propia hermana mayor... Lo cierto era que el joven emperador, un "duro" de aquellos tiempos, estaba enamorado de ella desde los pies hasta la corona y no cejaría hasta convertirla en su emperatriz. Cosa que efectivamente sucedió un año después, el 24 de abril de 1854, en la Iglesia de los Agustinos de Viena. Sissi se convirtió así en la emperatriz consorte de Austria, reina consorte de Hungría, Bohemia, Croacia, Eslavonia, Dalmacia, Galitzia, Lodomeria e Iliria, pasando a residir en la corte de Viena, capital del imperio. Para aquella muchacha de diecisiete años, adaptarse al rígido ceremonial de su corte vienesa fue una verdadera tortura, pero un tormento imposible de soslayar. Su nuevo rango así lo exigía, y no tuvo más remedio que amoldarse a la nueva situación de las cosas. Ella, también enamorada de su voluntarioso esposo, inició una etapa de su vida que todos suponían dichosa y envidiable, aunque la situación de la mayoría de sus súbditos, más y más hundidos en las penurias económicas y las agitaciones sociales, era diametralmente diferente. Distintos grupos republicanos y anarquistas comenzaban a ser una genuina preocupación para la administración imperial, pues la prensa continental no dejaba de dar cuenta de toda clase de atentados, manifestaciones y huelgas, todavía más violentos que los hechos anteriores, que sacudían prácticamente cada mes la buscada tranquilidad y el orden del reino.

En un mundo de ensueño, donde no llegaban –o si lo hacían, resultaban muy amenguados– los comentarios sobre los disturbios sociales fuera de palacio, Sissi le dio a su esposo y al imperio cuatro hijos: Sofía Federica de Habsburgo-Lorena, archiduquesa de Austria, nacida en 1855 y fallecida dos años después a causa de una epidemia de tifus; Gisela de Habsburgo-Lorena, archiduquesa de Austria, alumbrada en 1856; el príncipe heredero Rodolfo de Habsburgo-Lorena, nacido en 1858, y María Valeria de Habsburgo-Lorena, archiduquesa de Austria, que vio la luz en 1868.

Aunque el amor que los había unido desde aquel primer encuentro en la villa balnearia no dejaba de renovarse día a día, los integrantes del matrimonio imperial tenía muy pocas oportunidades de estar en compañía el uno del otro. Las urgentes razones de estado retenían a Francisco José lejos de Sissi durante semanas y meses. Ella, para paliar su soledad, se hizo muy aficionada a viajar, con sus hijos o en compañía de sus damas de honor; amén de su afición al viaje, para emprenderlo Sissi tenía otra poderosa razón. Su corte vienesa y su rígido protocolo, donde se mezclaban la frivolidad, la superficialidad más acentuada y un verdadero mundo de intrigas palaciegas, la aburrían mortalmente. Por ello, cada vez que era posible alistar el tren imperial o disponer la partida de su lujoso yate, ella no dudaba en partir aliviada de aquella corte, donde un ambiente enrarecido por asuntos que nada le interesaban hasta le llegaba a provocar náuseas y desmayos muy frecuentes.

La tragedia de Mayerling

En 1889 su hijo, rel príncipe heredero Rodolfo, encontró la muerte de un modo muy extraño, en compañía de su amante, la baronesa Marie Alexandrine Freiin von Vetsera. Todo sucedió en un pabellón de caza llamado Mayerling, cercano a Viena. Allí la guardia imperial encontró, en la mañana del 30 de enero, los cuerpos del príncipe, de treinta años de edad, y de su amante la baronesa. La versión oficial, que despertó desde un comienzo las mayores sospechas, era que se habían dado muerte ejecutando un pacto suicida, mas la peculiar situación política imperante en el imperio austrohúngaro dio pie inmediatamente a las más peregrinas hipótesis, unidas a otras especulaciones más lógicas. Unas suposiciones indicaban que el emperador había mandado ejecutar a su hijo para evitar que éste, de ideas liberales, lo derrocara próximamente con el apoyo de Francia. Otros especuladores se inclinaban por suponer que el espionaje galo había asesinado al joven y a su amante, ocasional testigo del magnicidio, justamente porque el príncipe se había negado a quitar del trono a su padre.

Lo cierto fue que aquel crimen apesadumbró de tal manera a Sissi que abandonó definitivamente la corte de Viena y pasó a vestirse de negro por el resto de su vida. De igual modo, la muerte de su único heredero varón trastornó a Francisco José, quien no volvió a ser el mismo que era tras la tragedia de Mayerling. Lo que se había iniciado con los más felices augurios en una elegante y suntuosa mansión veraniega, prometiendo una larga y dichosa vida matrimonial, se había ensombrecido para siempre.

Buscando olvidar lo que no podía quitar de su mente, la desgraciada Sissi se entregó más que antes a su pasión por los viajes. Adquirió un moderno y lujoso barco impulsado a vapor al que bautizó "Miramar" y lo empleó para visitar repetidamente distintos puntos del Mediterráneo, particularmente la Costa Azul francesa. A estos destinos se sumaron una y otra vez Suiza, Portugal, España, el norte de África, la isla de Malta, el archipiélago griego, Egipto y Turquía...

Hasta que finalmente, el 10 de septiembre de 1898, aquella desgraciada emperatriz emprendió el último y más prolongado de todos los viajes. Ese día caminaba distraída por la conversación de una de sus damas de compañía, la condesa Sztaray, cuando fue de improviso atacada por el anarquista de origen italiano Luigi Lucheni. El terrorista fingió tropezar con esas distinguidas damas a orillas del lago Leman, en Ginebra, pero su verdadera intención fue punzar mortalmente el pecho de la emperatriz con un estilete tan delgado que, en una primera instancia, ni Sissi ni la condesa que iba con ella se percataron de nada. Mas minutos después, al subir la planchada de su yate, Sissi perdió el conocimiento y cayó sobre la cubierta de la embarcación... A toda prisa el yate regresó a puerto, mientras en el camarote imperial la atribulada condesa intentaba reanimar a su señora y amiga. El médico convocado de urgencia para socorrer a Sissi advirtió que sobre su pecho se pronunciaba un diminuto puntito rojo... La señal exterior del puntazo infligido por el anarquista italiano, que horas después le originó la muerte a la atacada.

Hasta después de su fallecimiento el destino de la desdichada Sissi fue determinado por el emperador. El hombre, sin heredero varón y ya sin esposa, no respetó la última voluntad de la occisa, pues aunque ésta era ser sepultada en su palacio griego de la isla de Corfú, su viudo dispuso que lo fuera en la cripta imperial, en la iglesia de los monjes capuchinos de Viena, la ciudad donde Sissi había conocido las delicias de la felicidad y también la tristeza y el dolor más hondos.

Muchos años después, ya a comienzos del siglo XX, en aquella misma villa balnearia de Bad Ischl donde conoció a Sissi, un envejecido pero siempre terco Francisco José firmó la declaración de guerra contra Serbia, origen de la Primera Guerra Mundial y de la caída definitiva del otrora orgulloso Imperio Austrohúngaro.

Simón Bolívar y Manuela Sáenz

Un díscolo hijo de la aristocracia caraqueña

Simón José Antonio de la Santísima Trinidad Bolívar y Ponte Palacios y Blanco nació en Caracas, Capitanía General de Venezuela, el 24 de julio de 1783. El futuro libertador de América vio la luz en casa noble y de muy distinguida posición social, política y económica; entre sus antepasados se heredaban los títulos de marqués de Bolívar y vizconde de Cocorote. Sin embargo, él recibió de ambos padres, además de dinero y posición, la tuberculosis que acabaría tempranamente con la vida de ambos: a los nueve años ya Simón era huérfano de padre y madre. Confiada su educación a uno de sus tíos, el muchacho recibió instrucción de su profesor en la "Escuela de Lectura y Escritura para Niños" de Caracas, el célebre educador y filósofo Simón Narciso Jesús Rodríguez, aunque la relación entre ambos no fue nada auspiciosa en un comienzo: de hecho, el niño escapó varias veces de la residencia asignada antes de resignarse a lo mandado por sus tíos. Rodríguez sería una figura fundamental en la vida de Bolívar, constituyéndose en su mentor y amigo más íntimo, así como aquel que, ya en su primera juventud, inclinaría definitivamente los ánimos y los propósitos del prócer americano por la causa de la independencia del yugo español.

En España hombre casado y en América viudo

Transcurrido el breve período de su relación primera, Rodríguez dejó su cargo en la Escuela de Lectura y Escritura y con ello a Simón, para trasladarse a Europa. La siguiente etapa de la educación del joven pasó a tener por escenario la misma casa de sus tíos, donde funcionaba la Academia de Matemáticas, complementada con lecciones de Historia y Geografía impartidas por otro célebre intelectual de aquellos tiempos, el poeta Andrés Bello, lecciones que se prolongaron hasta que ingresó Bolívar a la vida militar, formando parte del Batallón de Milicias de Blancos de los Valles de Aragua, en 1797.

Tras esa experiencia castrense, Simón Bolívar viajó a España para continuar sus estudios en la península, a la edad de quince años, y en Madrid trabó relación con María Teresa Rodríguez del Toro y Alaiza, tres años mayor que él, cuando apenas contaba diecisiete. Se casaron el 26 de mayo de 1802 en la Iglesia Parroquial de San José y menos de un mes después de la ceremonia se dirigieron a América, donde la joven pareja se instaló en la casa señorial del ingenio Bolívar, en San Mateo. Enferma de paludismo, la joven esposa falleció en Caracas el 22 de enero de 1803. Apenas nueve meses había durado ese desdichado matrimonio.

Simón amaba a su esposa entrañablemente y fue tal el dolor que le deparó su temprana pérdida, que sobre la tumba de su esposa juró nunca más volver a casarse. Al poco tiempo, ansiando alcanzar el olvido de sus penas, el húérfano, viudo y joven heredero partió nuevamente hacia Europa.

En París quiso la suerte que diera nuevamente con su antiguo maestro, el erudito Simón Rodríguez, y la amistad entre ambos resurgió más poderosa que antes. Juntos se aplicaron a la lectura de los escritores clásicos, a intercambiar opiniones sobre la situación de las colonias americanas –de cuya independencia Rodríguez era un formidable defensor: había tenido que refugiarse en Venezuela, por los tiempos en que conoció al niño Bolívar, justamente a causa de sus posturas políticas– y posteriormente, ambos amigos se dedicaron a viajar por el Viejo Mundo.

Una fecha fundamental en la vida de Bolívar y crucial para la causa de la libertad latinoamericana es el 15 de agosto de 1805, cuando en el Monte Sacro, en Roma, el joven hacendado juró ante su mentor dar la vida, si era necesario, por la libertad de Venezuela. Tenía veintidós años de edad cuando realizó su famoso juramento, el que mantendría con igual integridad que el anterior, el de no volver jamás a casarse.

Entre las versiones sobre las palabras pronunciadas entonces con Simón Rodríguez como testigo, la más aceptada es ésta: "¡Juro delante de usted, juro por el Dios de mis padres, juro por ellos, juro por mi honor y juro por mi patria, que no daré descanso a mi brazo, ni reposo a mi alma, hasta que haya roto las cadenas que nos oprimen por voluntad del poder español!". Hayan sido textualmente éstas o no, lo cierto es que aquel hombre admirable lo sacrificó todo –salud, hacienda, comodidades, futuro– para cumplir ese solemne juramento: el año siguiente, 1806, ya lo encuentra de nuevo en Venezuela, administrando la fortuna familiar y uniendo sus capacidades a las de otros revolucionarios.

El gran luchador americano

El avance incontenible de Napoleón, que iba venciendo uno tras otro a sus rivales en el Viejo Mundo, se hizo sentir con poder transformador en las condiciones de relación de la Corona española con sus posesiones americanas. Como sucedió con otras regiones del dominio peninsular, la caída de la metrópoli y de la misma casa real ibérica en manos del Gran Corso llevó a buena parte de sus ciudadanos a cuestionarse la vigencia de los derechos españoles sobre el territorio colonial, lo que más tarde o más temprano se fue traduciendo en abiertas rebeliones y la esperanza de liberarse finalmente de la tutela imperial. Para 1807 y con Bolívar ya conspirando en Venezuela, el clima político del país estaba francamente enrarecido y tenso, preanunciando el huracán revolucionario que barrería con el dominio español, tormenta cuya cabeza principal sería aquel joven impetuoso e inteligente, tan dotado para la actividad militar como para la administrativa y diplomática... quien volvería a conocer el amor en medio de sus luchas, pero también volvería a sufrir los embates de la tragedia.

En julio de 1808, cuando la caldera del descontento político en Venezuela había ya subido mucho la presión, y las diferencias entre los realistas y los revolucionarios eran más virulentas, un hecho particular vino a hacer rebalsar el vaso de la historia: a Caracas llegaron informaciones fehacientes de que el invencible Napoleón había hecho abdicar a la fuerza al rey Fernando VII, para poner como regente a su propio hermano. La efervescencia popular, sin embargo, tuvo dos vertientes principales. Por una parte, la corriente moderada que quería conservarse fiel al rey depuesto y por otra, la genuinamente emancipadora, liderada por Simón Bolívar, que impulsaba la independencia completa del dominio español. El desarrollo de los hechos condujo a que se firmara el Acta de Independencia y se constituyera la Primera República, el histórico 5 de julio de 1811... Mas, ¿podría la joven república venezolana sostenerse? Desde España mandaron bloquear los puertos de la flamante nación, pero aquel proceso revolucionario se mostró como lo que era: indetenible.

Tras una corta ida a Londres a fin de conseguir apoyo para la causa de su país, Bolívar tornó a Venezuela y el 13 de agosto de 1811 interviene destacadamente en la victoria de Valencia, contra los rebeldes levantados para combatir a la república. Fue la primera acción militar revolucionaria en la que participó, el inicio de la larga campaña de Bolívar para lograr su jurado objetivo, venciendo ingentes obstáculos...

Uno de ellos y muy grave, fue la derrota del ideal patriota el 26 de julio de 1812, cuando con la firma del tratado de La Victoria, se estableció nuevamente el poder español sobre el país.

El héroe de la Campaña Admirable

La caída de la primera república no significó la derrota definitiva de sus ideales, sino un momentáneo repliegue. Bolívar se refugió primero en Curazao y luego pasó a la Nueva Granada, un territorio que entonces abarcaba la actual Colombia, donde seguía latiendo con toda su fuerza el ideal de la independencia. Tan vehemente en lo político como en lo militar, el joven patriota participó en esta etapa tanto de las facetas de agitación y debate de la causa revolucionaria como de acciones militares en pro de su triunfo y consolidación. Dotado por Nueva Granada de medios y recursos, el 13 de febrero de 1813 volvió a su patria, batiendo a los realistas con indomable fiereza, en un avance que parecía incontenible, recordado por la historia como la "Campaña Admirable": tras obtener la rendición del enemigo español, en una jornada llena de gloria el gran Libertador entró en Caracas, siendo aclamado por la población el 6 de agosto de 1813...

Primer encuentro con Manuela Sáenz

Pero la suerte de la guerra no favoreció mucho tiempo al joven estado venezolano, pese a los ingentes esfuerzos desplegados por Bolívar y sus seguidores para organizarlo y defenderlo. Una serie de derrotas militares acabó con la Segunda República. Las diezmadas fuerzas bolivarianas debieron retroceder ante el feroz avante realista, que sencillamente no tomaba prisioneros. En su repliegue estratégico, el Libertador pasó a Cartagena y luego a Jamaica y Haití, desde donde organizó campañas que, en ocasiones, fracasaron en su intento por restaurar la anterior independencia por causas relacionadas con disidencias entre los propios revolucionarios. Pero en 1818 el héroe había consolidado su victoria, haciendo retroceder a las fuerzas realistas y erigiéndose en jefe indiscutible de las armas patriotas en la región, organizando acciones conjuntas con otros líderes revolucionarios, entre ellos Francisco de Paula Santander, de Nueva Granada. El 10 de agosto de 1819 sus tropas ingresaron victoriosas en Bogotá, expandiendo la luz de la libertad a nuevas regiones del norte de América Latina y dando nacimiento a la República de Colombia, de la que Bolívar fue proclamado el primer presidente, en diciembre de 1821. El 24 de junio de 1821 la batalla de Carabobo libró a Venezuela definitivamente del poder español, mas el gran sueño de Bolívar, la creación de una suerte de estados unidos latinoamericanos, no lograría nunca efectivizarse, por las ya repetidas disidencias entre los mismos revolucionarios.

Dispuesto a unir fuerzas con otros jefes patriotas y combatir los últimos bastiones realistas en América del Sur, Simón Bolívar llega a Quito, Ecuador, el 16 de junio de 1822, siempre aclamado como el Libertador a su paso. Al desfilar con sus tropas por la capital ecuatoriana, desde un balcón una bella joven, Manuela Sáenz Aizpuru, le arroja un ramo de flores con tan mala puntería que el obsequio va a terminar sobre el pecho del héroe, en vez de al paso de su caballo... Sorprendido, Bolívar levanta los ojos y entonces es que ambos se ven por primera vez. El Libertador se quita galantemente su sombrero de guerra y saluda con una sonrisa a la joven que, muerta de vergüenza, apenas atina a nada, sólo a mirarlo sin poder quitar los ojos de él.

¿Quién es esta atrevida muchacha que arroja flores con tan pésimo estilo? Pese a su juventud, ya tiene un buen historial como conspiradora patriota. Nacida en 1797 en esa misma ciudad de Quito, hija de hidalgos, educada por las monjas del Real Monasterio de la Limpia e Inmaculada Concepción y por las hermanas del convento de Santa Catalina de Siena, se distinguió desde niña por una brillante inteligencia. Casada en 1817, a los diecinueve años, con el médico inglés James Thorne, en la ciudad de Lima, Perú, parecía que su vida iba a concluir en el papel asignado a las mujeres de su rango social, pero no fue así: la inquieta Manuelita se aplicó con el mayor entusiasmo a las actividades revolucionarias, tan aplicadamente que el general argentino José de San Martín, tras libertar el Perú y proclamar su independencia el 28 de julio de 1821, le otorgó el título de Caballeresa de la Orden del Sol.

Vuelta a Quito para reclamar su herencia familiar, la joven dio con Bolívar en el episodio antes señalado y ya jamás lo abandonaría, pese a las terribles circunstancias que signaron su largo y tórrido romance.

Días después de aquel primer encuentro, se daba una gran fiesta con baile en homenaje al Libertador y por supuesto, Manuelita Sáenz estuvo allí. Ambos se hicieron amantes esa misma noche y sin dudarlo, ella dejó a su marido –quien le llevaba muchos años de edad– para seguir a su héroe. Los ruegos de Thorne, quien la quería sinceramente, fueron vanos. La joven había conocido cuál era su destino y no se apartaría de él hasta que la muerte le saliera al paso.

Los últimos bastiones del poder español en América conocerían la victoria de los patriotas y allí estaría la fiel Manuela Sáenz: así, el 6 de agosto de 1824 Bolívar y el general Sucre aplastaron al ejército español, dirigido por el comandante José Canterac y Donesan, en el combate de Junín, en el Perú, y el 9 de diciembre de 1824 Sucre acabó con el postrer enclave realista en la batalla de Ayacucho, poniéndole fin, definitivamente, al poder español en América del Sur.

Derrotado el enemigo externo, comenzaba a avizorarse el peligro que representaba el interno, constituido por las desavenencias y las luchas intestinas entre las diferentes corrientes de los revolucionarios. La debilidad humana, tan presente en todas las instancias de la historia, se pronunciaba una vez más, dando lugar a las pugnas por el poder y el logro de las ambiciones personales, llevando a unos a sacrificarse por los ideales comunes y a otros a sacrificar ese ideario para lograr los propios objetivos.

A medida que se sucedían las expresiones de ese malestar interno, Bolívar veía alejarse más y más su viejo sueño de una Latinoamérica unida, justamente en el momento en que derrotados sus enemigos exteriores se suponía que debía estar consolidándose. Cada vez más amargado, el héroe sin embargo contó en todo momento no sólo con la compañía y el amor de aquella mujer extraordinaria que era su amante Manuela Sáenz, sino también con su consejo. En medio de las más tremendas conjuras e intrigas que animaban esa época incierta, tras la liberación del dominio español, cuando las pugnas y las ambiciones distanciaban a los que habían sido correligionarios, amigos y aliados, nunca faltó el consejo de esa brillante mente femenina, invariablemente a su lado cuando las enormes responsabilidades de su rol histórico amenazaban con abrumar a aquel genio político y militar que era Bolívar.

En septiembre de 1826 el Libertador se dirige a Colombia en un buque llamado "Congreso"; queda en el Perú un consejo de gobierno que fracasa en lograr que se apruebe el nombramiento de Bolívar como presidente vitalicio del Perú, a donde el prócer ya no volvería jamás, no sin que antes realizara importantes reformas políticas, sociales, militares e institucionales en ese país.

Ya en Venezuela y siempre soñando con el establecimiento de la Gran Colombia, Bolívar se declaró dictador el 27 de agosto de 1828... con todos los peligros que esa decisión incluía. Un hecho heroico, protagonizado por la fiel Manuelita Sáez, estaba por tener lugar.

La conspiración septembrina

Si bien muchos admiraban al veterano general que había libertado tantas naciones al paso de sus tropas victoriosas, no por ello faltaban los que se opusieran a su estilo de gobierno y a sus pretensiones de unificar los países ya libres del yugo colonial en una sola entidad institucional. A la sombra del autoproclamado dictador Simón Bolívar, varias sociedades secretas se habían conformado y, con mayor o menor virulencia, todas tenían por meta su derrocamiento o inclusive su eliminación física. Eran conocidas –nombradas a media voz, lejos de los informantes de Bolívar– como las "Sociedades de Salud Pública" y las integraban no solamente figuras políticas de menor relevancia que el dictador, sino también militares, comerciantes, estudiantes y hombres de letras.

No faltaban descontentos en el ejército, donde el dictador había impuesto reglamentaciones que se cumplían a rajatabla, según era su particular estilo. Bolívar, al revés que otros jefes militares, era particularmente duro en lo que respecta a la disciplina y el reglamento que hacía cumplir en las fuerzas era un fiel reflejo de su propio carácter.

En una de las sociedades secretas que mencionamos antes se concluyó que la única manera de librarse definitivamente del Libertador era matándolo y así se decidió implementar un atentado con la participación de militares que no estaban de acuerdo con el régimen castrense impuesto por el mandatario. La acción de armas se pactó para la medianoche del 25 de septiembre de 1828.

Sin conocer que se iba a atentar contra su vida, Bolívar descansaba con Manuela en sus habitaciones del palacio presidencial de San Carlos, durmiendo plácidamente. Manuela, en cambio, no podía pegar un ojo, preocupada como estaba por el cariz adverso que iban tomando los asuntos oficiales bajo la dictadura, así como por la mala salud de su amante, en quien ya se pronunciaban los síntomas de una forma particular de la tuberculosis, el mismo mal que había acabado con sus padres cuando era apenas un niño.

Mientras tanto, en la oscuridad, un grupo integrado por una docena de civiles y dos docenas de militares, mandados por el periodista y oficial Pedro Carujo, hijo de un oficial realista, se deslizaba sigilosamente hacia el palacio. Llegados al edificio fortificado, forzaron la entrada empleando barretas de hierro y cuando subrepticiamente llegaron a la primera línea de la guardia, asesinaron a los de consigna y comenzaron a buscar afanosamente las habitaciones del dictador para darle fin sin más trámite. Sin duda, como testigo del magnicidio, Manuela Sáenz hubiese corrido igual suerte, pero su preocupado insomnio los puso a ella y al Libertador a salvo, casi de milagro.

En la oscuridad de la noche ella escuchó los acelerados pasos de los conjurados que se acercaban y sacudiendo las ropas del dormido Bolívar logró despertarlo a tiempo. Empuñando sus pistolas, el valeroso héroe de mil batallas se dispuso a vender cara su vida y la de su amada. Pero ella, de una sangre fría sin igual, logró convencerlo rápidamente de que huyeran sin más ni más. Prevención salvadora fue aquella, pues el número de los atacantes no demoraría en hacerles alcanzar sus siniestros objetivos, siendo como era superior a las posibilidades de cualquier intento de defensa. Abriendo la ventana de la cámara presidencial, Manuela y Bolívar huyeron a toda prisa y se refugiaron bajo un puente cercano, burlando por poco a la muerte.

Agravado su estado de salud por la noche en vela y a la intemperie, de todas formas al día siguiente Bolívar ordenó que se formalizara una severa investigación de los hechos, a consecuencia de la cual los participantes en el atentado, los instigadores y muchos de los que directa o indirectamentemente participaron de la conspiración fueron detenidos, interrogados, juzgados y condenados a muerte, prisión o exilio. El atentado y los procesos penales que lo siguieron exacerbaron el odio entre las partes hasta niveles antes impensables, mientras la poca salud del héroe y la consistencia de sus sueños se iban debilitando más y más.

Dos años después, amargado hasta las heces por el final de toda posibilidad de instaurar la ideal Gran Colombia, el Libertador renunció definitivamente el poder, el 8 de mayo de 1830, y partió lejos, debiendo apelar para ello, él, quien había sido uno de los hombres más ricos de América del Sur, a la malventa de su vajilla de plata, sus joyas y sus caballos. Al mismo tiempo su salud se empobrecía más y más, por lo que llegó a Santa Marta el primer día de diciembre de 1830 en camilla, tras un pésimo recorrido por el río Magdalena desde la enemiga Bogotá.

En Santa Marta, pobre, amargado y desolado por el final de sus sueños, murió en la Quinta de San Pedro Alejandrino el gran Simón Bolívar, el 17 de diciembre de 1830, a la una de la tarde. Tenía cuarenta y siete años de edad.

Por su parte, Manuela Sáenz, la mujer que le fue fiel hasta el último minuto, fue sanguinariamente perseguida por los enemigos del gran hombre que fue su amante, y falleció el 23 de noviembre de 1856 en el curso de una epidemia de difteria que azotó el Perú. Indigente como era, sus restos fueron arrojados a la fosa común y todos sus objetos personales quemados, incluyendo la mayoría de las cartas de amor de Simón Bolívar, el Libertador.

Frédéric Chopin y George Sand

En las afueras de París, una tarde de verano

Esa tarde de 1833 era extremadamente calurosa y la condesa de Chantreuil, nerviosamente, ordenó a sus sirvientes servir el té en los jardines de su palacio, bajo las hayas centenarias que ampararían a sus invitados de los últimos rayos de sol, cuando se pusiera en las afueras de París. La enorme propiedad abría sus puertas los segundos jueves de cada mes para la mejor sociedad francesa, pero los miércoles, como esa tarde, estaban reservados para los artistas, "mis talentosos amigos", como gustaba decir la opulenta dueña de casa. Ya entrada en carnes, la buena condesa frizaba los sesenta, pero por coquetería mentía cuarenta... y su generosidad hacía que en torno suyo todas las bocas mantuvieran al respecto un discreto silencio.

Invariablemente, después de cada tertulia de los miércoles, los semanarios de París hablarían de la selecta reunión de escritores, filósofos, compositores, escultores, pintores y periodistas que se habían dado cita en lo de Chatreuil y ella, malignamente, al recibir el jueves al medio día, al despertar, aquellas publicaciones puntualmente pagadas, gozaría por anticipado el placer de mostrárselas a sus aristocráticas amistades ese mismo día, durante la sobremesa... La condesa, se ve, amaba los placeres simples.

Lentamente, en el bochorno del verano, por el camino de París fueron llegando los carruajes de alquiler que ese miércoles traían a los invitados desde la cercana capital. La condesa estaba exultante aquel día: algunos de sus invitados más célebres estarían allí, incluyendo algunos antes reticentes, por cuestiones de celos con otros huéspedes o bien por simple aburrimiento. En ocasiones se hastiaban tanto de repetir siempre las mismas frases hechas, que dejaban de acudir por un mes o dos, pero invariablemente volvían al bien provisto corral de la condesa, particularmente cuando precisaban una recomendación de ella o, faltos de efectivo, proyectaban llamarla discretamente aparte para solicitar un cheque de favor... por una suma que no devolverían jamás, pese a todas sus promesas al respecto. Considerando una bagatela lo que le costaba aquello, la condesa los dejaba hacer y no retaceaba demasiado la cartera. Era cuestión, apenas, de rogarle un poco.

El primero en llegar fue el célebre poeta, dramaturgo y escritor Víctor Hugo, quien con negro humor gustaba de comentarle a la dueña de casa que, dado que la mayoría de los presentes iban también a reunirse algún día en Pére Lachaise, el gran cementerio parisino, no estaba nada mal anticiparse a esa tertulia definitiva con esas reuniones en su casa estando todavía vivos. La condesa estimaba aquello como una gran frase y no dejaba nunca de festejarla, aunque estaba ya tan gastada por el uso. Mientras recibía, Madame de Chatreuil repasaba golosamente, como un niño que cuenta caramelos, los nombres de sus invitados de ese día: el virtuoso compositor

Franz Liszt, quien de muy mala gana quizás accedería a ejecutar al piano alguna de sus obras; el gruñón novelista Honoré de Balzac; Christian Johann Heinrich Heine, el famoso poeta y ensayista alemán; el pintor Ferdinand-Victor-Eugène Delacroix, a quien todo el mundo le envidiaba su talento, según su propia opinión, y de quien muchos decían que era hijo natural del importante político, estadista y diplomático Charles-Maurice de Talleyrand-Périgord y que ello explicaba muy bien las razones de su fama, y –la perla de la tarde– también acudiría el poeta y escritor Alfred de Musset, quien para intriga de todo el mundo advirtió que concurriría a la reunión con su nueva novia... La intriga era de quién se trataba en este caso, pues la incontable lista de amigas íntimas de Musset se le había olvidado a todos. La condesa –que alguna vez había abrigado esperanzas con aquel jovencito de veintitrés años y como tantas otras, las había perdido– se preguntaba también quién sería la afortunada.

Liszt, que era extremadamente chismoso, apenas al llegar deslizó nombres respecto de la misteriosa nueva musa de Musset, suposiciones que Víctor Hugo rechazaba con apenas un movimiento de su gran cabeza; Heine apenas tocó la mano enguantada de Balzac, a causa de un virulento artículo de éste publicado el día anterior en su contra, y fue a sentarse en el otro extremo de la amplia mesa tendida en los jardines condales; Delacroix, muy expansivo, comenzó a hablar de su tema favorito, o sea, de sí mismo, y la dueña de casa, feliz, concluyó que todo estaba en orden esa tarde, como todos los miércoles de reunión. Mandó servir el té, segura de que la impuntualidad proverbial de Musset no estaba faltando a la cita, como siempre. Llegaría cuando quisiera la suerte y eso también estaría bien.

Liszt vio venir un nuevo carruaje por el camino e inclinándose hacia la buena condesa, le susurró de modo que lo pudieran oír todos los presentes que "se había tomado el atrevimiento de invitar a un extraordinario colega polaco, al que le auguraba prontamente el mayor triunfo en París". Complacida, la condesa le preguntó quién era el inesperado invitado y el gran compositor húngaro murmuró "se llama Fryderyk Franciszek Chopin, pero nosotros lo llamamos Frédéric François, madame". La condesa sonrió de nuevo, agregando que le agradaba mucho la traducción, mucho más fácil de pronunciar. Liszt y Hugo cambiaron una rápida mirada de inteligencia y el compositor agregó cortésmente que "antes de que se disputen su invitación otras ilustres familias, creí fundamental que nuestra querida amiga y protectora, la condesa de Chatreuil, cuyas tertulias de los miércoles son el modelo de todas las demás, tuviera este privilegio".

La aludida inclinó agradecida la cabeza ante el halago de Liszt, mientras los palafreneros y el mayordomo acudían a ayudar a bajar del carruaje al enigmático invitado de Liszt. Al acercarse a la mesa, la dueña de casa, que era bastante miope, pudo comprobar que se trataba de un joven alto y desgarbado, increíblemente delgado y pálido, en cuyo rostro ceñudo se vislumbraba un hondo dejo de melancolía, pero mezclado con una evidente dosis de soberbia, el remedio de los tímidos para enfrentar los compromisos sociales. Saludó sin sonreírle a nadie, diciendo apenas unas pocas palabras formales, y pareció aliviado cuando el mucamo más cercano, a una indicación de la condesa, le ofreció una silla ubicada entre Liszt y Víctor Hugo; éste, desconcertado por el huraño comportamiento del joven, afectaba pensar en cualquier otra cosa, mientras que Liszt, apasionadamente, elogiaba las condiciones musicales del recién llegado.

Inquiriendo la condesa con la mayor cortesía por el joven, el gran compositor húngaro informó que su amigo y protegido había nacido en el Gran Ducado de Varsovia en 1810; su padre, un emigrado francés, había sido preceptor de los hijos del conde Skarbek, mientras que la madre de Chopin era miembro de la nobleza polaca. Chopin había compuesto su primera obra a los siete años, titulada La Polonesa en Sol Menor, y un año después había dado su primer concierto, en el palacio Radziwill, de Varsovia. A partir de entonces, el niño prodigio se había hecho famoso localmente, tocando en los mejores y más selectos salones de los potentados polacos. Sus méritos llamaron la atención de los grandes maestros de su país, quienes, según aseguró Franz Liszt, "se habían disputado el honor de pulir sus talentos" en su primera etapa formativa, y entonces soltó una catarata de nombres y apellidos de compositores y profesores polacos absolutamente desconocidos para la condesa, que apenas alcanzó a disimular sus bostezos.

El tal Chopin seguía concentrado en su taza de té, sin decir una palabra prácticamente desde que había tomado asiento, pero cuando Liszt manifestó que había tenido que dejar su país para triunfar en París, el muchacho reaccionó vivamente y en voz alta sorprendió a todos interrumpiendo a su protector para decir que "había tenido que huir de Polonia sojuzgada por los rusos y, escapando hacia Londres sin un solo centavo, había terminado allí, en París". Luego guardó nuevamente silencio.

Cortado por la intempestiva aclaración de su protegido, que había dibujado una arruga de enojo en la frente de la condesa, Liszt continuó diciendo que él no dudaba de que el joven tenía las condiciones más que necesarias para triunfar en la capital francesa, "si un alma noble y bella, bien relacionada, le daba su recomendación para con la mejor sociedad del país".

"Allí es que entro yo", pensó para sí la condesa, y estaba por decir algo que suponía ingenioso cuando se le acercó su mayordomo, quien hasta entonces había permanecido a respetuosa distancia de su señora, junto al carruaje del recién llegado. A nadie le había extrañado que el coche no hubiese partido inmediatamente después de dejar en tierra al viajero, absorbidos como estaban todos por la novedad de ese protegido de Liszt a quien no conocían. Discretamente, el sirviente mayor se inclinó sobre el oído de su ama y susurró que el cochero no se iría a menos que le pagaran antes, pues "monsieur Chopin" no lo había hecho.

La dueña de casa soltó un suspiro, aunque estaba ya acostumbrada a circunstancias como aquella, y le ordenó a su mayordomo que pagara el viaje del compositor polaco, aunque lo dijo en un tono apenas más alto que el empleado por el discreto sirviente mayor, de modo que los invitados pudieran escucharla. Bien empleada le estaba aquella pequeña humillación a ese insolente Chopin, que había interrumpido así al bienintencionado Liszt, mientras lo estaba ensalzando...

Masticando unas almendras con delicadeza, Delacroix, desde su sillón, aprobó aquello con un movimiento de cabeza y luego siguió fatigando a Balzac con el relato de su exitosísima última muestra pictórica, que sin duda merecía un artículo suyo en alguna parte... Balzac iba a contestarle con una de las suyas, cuando la llegada de un nuevo carruaje por el camino enarenado que llevaba a las puertas del palacio los distrajo a todos.

"Musset, de una buena vez, nos concede su presencia", murmuró la condesa, con una desdeñosa sonrisa.

"Musset y su misteriosa novia...", sonrió Delacroix. Chopin siguió mirando fijamente su taza de té, mientras el mayordomo de la condesa mandaba a los sirvientes menores sofrenar los caballos del coche y bajar la escalerilla retraíble, para facilitar que bajaran sus ocupantes.

Descendió primero Musset, alto, rubio y de largos cabellos románticos que le llegaban hasta los hombros, bajo un extravagante gorro turco que llevaba ladeado sobre la frente. Gastaba chaleco de fantasía, pantalones amplios y un jaquet verde, combinado con un bastón de caña de Malaca teñido de igual color. Al extender el llamativo poeta la mano enguantada hacia el interior del coche, para ayudar a bajar a su compañera, todos esperaban ver un vestido de seda o de satén, enfundando a una muchacha, pronunciarse en el hueco de la puertecilla del vehículo.

Para estupor de los presentes, quien bajó del coche fue un muchacho, que desdeñando el brazo que le ofrecían, de un ágil salto se plantó sobre el césped y saludó desde lejos con una graciosa inclinación del torso, tocándose la galerita que usaba y agitando un bastón parecido al de su compañero. La escena impresionó tanto a una de las sirvientas, que a poco estuvo de desmayarse; el mayordomo, con evidente disgusto, miraba una y otra vez a su ama, esperando la orden de correr a fustazos a esos dos atrevidos, que deshonraban así una casa honorable; la condesa miraba todo aquello muy divertida y sus invitados, salvo el inmutable Chopin, comentaban muy jocosamente el aparente cambio de intereses del gran Alfred de Musset.

Afectando pesar, Honoré de Balzac murmuró: "Yo siempre lo sospeché", y Delacroix dejó salir de su boca una risita venenosa.

Los recién llegados se estaban aproximando con paso ceremonioso, el inesperado muchacho tomado del brazo de Alfred de Musset. Cuando el dúo llegó hasta la mesa tendida en los jardines, bajo las hayas centenarias, tras besar suavemente la mano de la condesa, Musset presentó a su acompañante: "señora mía, compañeros, tengo el placer de viajar por la vida con la baronesa Dudevant, nacida Amandine Aurore Lucile Dupin".

La aludida, en su traje de caballero, hizo una reverencia burlonamente exagerada y se quitó con elegancia la galerita, dejando flotar sobre sus hombros una abundante y magnífica cabellera castaña oscura. "Madame, señores: mi nombre de pluma es George Sand y mi profesión ser libre".

Estupefacta, la condesa miró a cada uno de los presentes y luego soltó una prolongada carcajada, hasta que casi se asfixió por el esfuerzo. Con lágrimas en los ojos y tosiendo, le indicó a Sand, la famosa escritora de quien ya antes le habían hablado, que era más que bienvenida en su casa y que tomara asiento a su lado. Sin hacérselo repetir, la aludida así lo hizo, tomó un bizcocho y lo mordió con delicadeza, mirando desafiante a todos los presentes.

"Esta maldita loca, justo aquí", pensó y no dijo Honoré de Balzac, molesto como casi todos los presentes. Solamente Chopin podía seguir concentrado en su taza de té, después de esa llegada tan espectacular de George Sand y su nuevo novio, el enamorado hasta el sombrero Alfred de Musset.

Veinte años después

Las hayas han florecido cada año, regularmente, desde que la condesa de Chatreuil, que ya tiene ochenta, recibió por primera vez en su casa a la rebelde y seductora George Sand, el escándalo de París. En todo ese tiempo, la amistad entre ambas ha prosperado mientras la escritora, que ha dejado hace muy poco de vestirse como un hombre, ha publicado varias novelas con irregular éxito y cambiado incontablemente de amantes. La condesa siempre ha admirado a su amiga, que ha desdeñado con toda naturalidad las convenciones sociales desde que abandonó, dos años antes de haberla conocido ella, a su esposo, el barón Casimir Dudevant, pero ha educado con todo afecto y no pocas peleas a sus díscolos hijos, Maurice, nacido en 1823 y Solange, que vio la luz en 1828. Ha sido criticada y aborrecida por sus colegas masculinos, pero nadie ha podido negarle jamás que ha sido una madre extravagante pero muy cariñosa con ambos. Aquel antiguo romance con el pobre Alfred de Musset terminó con aquel lejano verano y tras destrozar los corazones de algunos ocasionales novios, George fue a parar los brazos del taciturno Chopin, o mejor dicho, el compositor polaco se arrojó entregado a los brazos de ella. Por boca de la misma Sand, la vieja condesa supo que aquel tormentoso romance entre Chopin y Sand, dos almas muy temperamentales, tuvo instancias muy fuertes, inclusive violentas, resultado de los continuos celos y la dependencia de ella que él sentía, mientras la tuberculosis iba haciendo estragos, lenta pero inexorablemente, en su frágil salud. Ella, por lo contrario, tenía un vigor y una fortaleza física y moral a toda prueba, invariablemente contra la corriente, tanto en la literatura como en la vida misma. Ya cincuentona, Sand ha consentido en visitar a su vieja amiga y referirle cómo fueron los últimos años con Chopin, su amado y desgraciado amante.

Su carruaje llegó puntual, a las cuatro de la tarde, para tomar el té a la inglesa, como es de buen tono en la época. Es otoño y la condesa ya no soporta mucho estar fuera de su mansión, por lo que el té se ha servido en el salón principal, junto a la gran chimenea. Los periódicos de toda Europa recogieron, la condesa lo recuerda muy bien, todos los chismes –los reales y los inventados– respecto de las accidentadas vacaciones de ambos amantes en Mallorca, allá por el invierno de 1838 y 1839.

Instalada frente a su vieja amiga, George Sand ha contemplado el fuego un instante, con los ojos llenos de recuerdos, y ha comenzado a decir:

"No fueron vacaciones, realmente. Frédéric ya estaba muy mal, ciertamente mal, y yo creí que era lo mejor para nosotros viajar a Mallorca, donde el buen clima ayudaría a que mejorara de su enfermedad. Sucedió todo lo contrario: recién llegados a la isla, comenzó a llover espantosamente y siguió lloviendo todo el tiempo que estuvimos allí. Los niños vinieron con nosotros, ellos lo amaban casi tanto como yo. ¿Sabes, Marie? Estoy escribiendo justamente mis memorias, en forma de novela, sobre ese tiempo que permanecimos en la isla. Se llamará *Un invierno en Mallorca;* no se me ocurrió hasta ahora nada más interesante".

"Él... bueno, tú sabes cuán temperamental era él. Todo lo molestaba, aunque se encontraba muy entusiasmado con sus nuevas composiciones... ya conoces que vivía de dar lecciones a la nobleza, y del resto me ocupaba yo, lo hice así mientras pude. Cuando llegamos a Mallorca desde Barcelona, en el paquebote *El mallorquín*, nos alojamos en un bello palacio del siglo XV, conocido como la Cartoixa de Valldemossa, una antigua residencia real... Pero la gente no nos quería y las autoridades tampoco. Mi condición de divorciada con dos hijos, viajando junto a un hombre más joven, al que todos conocían como mi amante... no sabes tú, Marie, las cosas que se decían de nosotros, a nuestras espaldas, por todas partes; en fin, que a Frédéric y a mí aquello nunca nos importó, pero estando allí los niños, ¡qué fastidio! Ni siquiera pudimos conseguir sirvientes, los primeros tiempos en Mallorca; la gente se negaba a trabajar en nuestra casa, como si fuésemos apestados... además, mi pobre Frédéric para ellos sí lo era, por lo de su enfermedad. Ya ves, ni los niños ni yo nos enfermamos nunca, pero aquella gente odiosa nos evitaba como si fuéramos leprosos. A duras penas conseguí que una vieja y su hijo vinieran de tanto en tanto a asear las habitaciones y preparnos unas comidas sencillas, traernos alimentos, en fin, lo mínimo. Y luego, el dinero que comenzó a acabarse. Y esa terrible lluvia, ¡lluvia en Mallorca! ¡Imposible tener otra vez tanta mala suerte! Frédéric sufría por no disponer de un piano en Mallorca; aunque no lo creas, no había otro que uno tan estropeado, en aquel palacio, que estaba por completo inservible. Y cuando preguntamos, nos juraron que no había otro en toda la isla. Finalmente logré que la casa Pleyel, de París, nos prestara uno, pero el acarreo hasta Mallorca y los abusivos impuestos que establecieron las autoridades para dejar ingresar el instrumento, qué salvajada fue aquello, se llevaron lo último que me quedaba. En aquel Pleyel de media cola, un magnífico instrumento, debo decirlo, él pudo componer la mayoría de sus famosos veinticuatro Preludios... pero ya sabes tú, Marie, cuando componía se ponía de un talante terrible. En ocasiones, estuviera con nosotros quien estuviera, lo asaltaba repentinamente la inspiración, echaba a todo el mundo y trabajaba durante horas, absorto en sus partituras. Los niños y yo callábamos, por miedo a perturbarlo y acrecentar su ira, su cólera creativa, como él la llamaba... Yo lo llamaba cariñosamente Chippette, en la intimidad, y esa inocentada a veces lo sacaba de quicio, eso sólo bastaba para irritarlo, supongo que aquello era una reacción propia de su enfermedad, tal vez era así y entonces yo no me daba cuenta".

"Y la maldita lluvia, que no cesaba. A mediados de febrero de 1839 tuvimos que dejar la Cartoixa de Valldemossa de urgencia, pues creí que Chopin se iba a morir allí mismo, en mis brazos. Afortunadamente pudimos llegar a Barcelona, donde ya nos esperaba su médico, el buen doctor Cauvières, quien se sentía muy culpable por haber recomendado aquel desgraciado viaje".

"Lo demás, bueno, supongo que ya lo sabes. Debimos separarnos tiempo después, porque, como te dije antes, el amor sin admiración sólo es amistad y ya nos conocíamos demasiado el uno al otro como para seguir admirándonos mutuamente... Sumamos ocho años juntos, es demasiado tiempo para el amor. No sé explicarlo de otra manera. Fuimos amigos desde entonces, y yo seguí uno a uno sus éxitos, a él no le faltó nunca quien lo admirara, en tanto que a mí... Bien, tengo a mis hijos. Me pregunto si a veces no me habrá recordado con amor, supongo que sí. Yo creo que no lo hice. Hace cuatro años que murió en París, seguramente lo sabes bien. Lo que no sabes es que esa arpía polaca de Ludowika, su infernal hermana, venida de Varsovia supuestamente para cuidar de él en sus últimos días, no me permitó a mí ni a mis hijos despedirnos de Frédéric, que agonizaba ya en el otro cuarto de ese departamento alquilado de Place Vendôme... aquello fue algo espantoso, me duele recordarlo. La polaca fue inflexible, hasta me insultó diciendo que yo había sido en buena parte culpable de la apurada situación de su hermano... Él murió de noche, a las 2 de la mañana del fatídico 17 de octubre de 1849. Tenía apenas treinta y nueve años."

Cuando partió el carruaje de su amiga, la vieja condesa mandó a su nuevo mayordomo, el hijo de aquel que veinte años antes se ocupaba de las tertulias de los miércoles, cerrar la casa. Tenía el presentimiento de que no volvería a ver a George Sand y así fue, porque la condesa murió esa misma noche y George Sand, prácticamente olvidada por sus antiguos lectores, tras escribir y publicar una enorme cantidad de obras, recién el 8 de junio de 1876, a los setenta y un años.

Amedeo Modigliani y Jeanne Hébuterne

Dos tragedias en una semana

Es el 25 de enero de 1920 cuando, desde la ventana del quinto piso, en el número 8 de la rue Amyot, del tradicional barrio parisino conocido como Quartier du Val-de-Grâce, una joven mujer se deja caer desde la cornisa y se estrella contra el asfalto, poniéndole fin a dos vidas: la suya y la de su hijo, pues se encontraba en el octavo mes de embarazo.

Horrorizado, un obrero que lo ha contemplado todo se ha acercado a la carrera al adivinar las intenciones de la desdichada, pero impotente para detener a la suicida. Bañado en su propia sangre, el cadáver de la joven sigue allí donde ha caído y nuestro hombre desespera sin saber qué hacer. Inútilmente hace señas a un automovilista: el Daimler acelera al ver lo ocurrido y por poco atropella al trabajador en su infame huida.

Finalmente, el obrero golpea con ambas manos el portón del edificio de donde se ha arrojado la joven y al comprobar que nadie atiende sus angustiosos llamados, comienza a dar voces implorando auxilio.

Al cabo de un rato, pasos que no se apresuran se dejan escuchar desde el interior y el portón se abre apenas. Dentro, un hombre de mediana edad y su esposa, ambos vestidos de calle, con expresión adusta enfrentan al operario. Son los padres de la suicida, pero ni siquiera miran una vez al cuerpo de su hija tendido allí en la calle. Son *madame* Eudoxie Anaïs Tellier y *monsieur* Achille Casimir Hébuterne, ella ama de casa y él contador en uno de los almacenes más famosos de Francia, Au Bon Marché; gente de muy buena reputación en la barriada de clase media más pretenciosa que acaudalada. Las únicas "vergüenzas" de la pareja de prolijos pequeños burgueses son sus hijos, André, un mediano pintor, y su hija, Jeanne, la que yace muerta en la vereda tras ser la modelo, musa y luego amante y esposa de un todavía no demasiado conocido artista plástico de origen italiano. Será muy famoso y sus obras valdrán millones de dólares, pero por el momento sigue siendo apenas el recuerdo de otro artista bohemio que murió de tuberculosis, inanición y miseria, apenas cinco días antes de que su viuda decidiera acompañarlo en el más allá, llevándose en su vientre al hijo de la pareja.

Con fría determinación, el contador Achille Casimir Hébuterne ha vuelto a cerrar su puerta, tras recomendarle al trabajador que se meta en sus cosas y deje en paz a la gente que es decente...

Éste no puede dar crédito a sus ojos y oídos ante tan miserable actitud, pero tampoco sabe muy bien qué hacer. En la calle Amyot todas las ventanas se han cerrado tras la tragedia, pero se escuchan cuchicheos, algún lamento sordo y se adivina la presencia de los moradores detrás de los visillos, aguardando. Aquel será el comentario de todo el Quartier du Val-de-Grâce durante años; hasta la ocupación de París y toda Francia por los nazis, dos décadas después, cuando tragedias aun mayores reemplacen a ese relato repetido hasta el cansancio, el de la mañana en que se suicidó Jeanne Hébuterne, la amante de Amedeo Modigliani.

Una italiano "mugriento", seductor y genial

¿Cómo comenzó todo aquello? Según los implacables *madame* y *monsieur* Hébuterne, la "culpa de todo" la tuvo su propio hijo, André, que comenzó a frecuentar el cercano barrio bohemio, infestado de artistas, queriendo convertirse en uno de ellos él también. Tras de sí arrastró a su hermana menor, Jeanne, quien, de no ser por las malas compañías de André podría haber sido una diseñadora de buen tono, en los mismos grandes almacenes donde trabajaba su padre. Es verdad que hasta ese momento la chica era algo extravagante, pues acostumbraba diseñar su propia ropa de un modo muy diferente al de otras muchachas con sus mismas habilidades.

Haciendo gala de una atrevida originalidad, la pequeña Jeanne se inspiraba en modelos exóticos, frecuentando con su madre –quien solía horrorizarse en tales paseos– las barriadas más suburbanas, allí donde los inmigrantes venidos de Asia se apiñaban en busca de trabajo y una vida más digna. Armenios, gitanos, rusos, árabes, chinos meridionales, japoneses, lucen sus ropas típicas y aquello constituye en auténtico desfile de moda extranjera para los paseantes, que asombrados y las más de las veces con burla, comentan los colores y diseños de esas extrañas personas que parecen haber invadido París...

Sin embargo, a la muy creativa Jeanne lo que más le atrae es tomar bocetos a la carbonilla y al lápiz, muy rápidos, mientras pasan, de las bellas mujeres venidas de la India para acompañar a sus hombres, trabajadores en los yacimientos de yeso cercanos a la Ciudad Luz. Las considera como las más elegantes de entre todas las extranjeras y con rápidos trazos captura los diseños, las formas y los colores de las hermosas hijas del Indostán. Jeanne es pintora, también, y mucho más dotada que su hermano, por lo que robarse los diseños de las forasteras es muy fácil para ella. Antes de su mayoría de edad, para mayor espanto de sus padres, ha invertido sus ahorros en telas que ella misma corta y cose, para crear vestidos y accesorios similares a los que tanto fascinaron su atención. La autoridad paterna, escandalizada, no es suficiente para impedirle a la audaz muchacha lucir ella misma sus originales diseños... en un barrio muy poco acostumbrado a la excentricidad y sí mucho al recato y la pacatería tan propias de las clases medias. Envuelta en amplias túnicas vaporosas, calzando sandalias de cuero dorado que ella misma ha teñido, Jeanne no siente la menor vergüenza de pasearse por el muy respetable Quartier du Val-de-Grâce con la cabeza cubierta por enormes turbantes multicolores, prendas que, ella predice, serán alguna vez la moda nueva que adoptará todo el mundo, no sólo París... Como toda persona adelantada a su época, y particularmente si se trata de una mujer, lo que recibe a cambio de la exposición de su indudable talento para el diseño de modas son miradas hirientes, sonrisas burlonas y hasta las rechiflas y los insultos más soeces de parte de los carreteros que proveen de mercaderías al barrio, cuando la ven venir tan campante por las calles... sus vecinos se limitan a esquivarla, pero no deja de oír sus risas y sus más malvados comentarios apenas ella ha pasado.

Jeanne comprende rápidamente que lo que necesita es cambiar de ambiente. El Quartier du Val-de-Grâce es demasiado burgués para sus gustos e innovaciones. La salida aparece clara cuando su hermano, el aprendiz de artista, le cuenta de sus incursiones por Montparnasse y el Quartier Latin, no demasiado distantes del hogar paterno, donde gentes de costumbres mucho más liberales y mente abierta alternan entre sí sin importarles qué uno hace o cómo se viste. Por el contrario, agrega André, incrementando el interés de su hermana menor por los nuevos horizontes posibles, en la parte bohemia de París todo lo africano y lo oriental está de última moda y hasta es posible que los diseños de Jeanne logren triunfar allí primero, para conquistar después barrio tras barrio de la vieja ciudad. ¡Es absolutamente preciso que Jeanne lo acompañe a los cafés, los teatros, los parques y los estudios donde pintores, escultores, poetas, escritores noveles, músicos y artistas de toda laya riñen, se enamoran, crean, desesperan y sonríen, formando una comunidad perfecta! Al menos, tal es la visión que el entusiasta André tiene de la cosa. Él cuidará de Jeanne, nada malo le pasará en Montparnasse y todas esas habladurías sobre sexo, drogadicción y borracherismo desenfrenado que circulan por ahí son meros chismes de empleados de almacén, como su propio padre, que no deja sus corbatas ni sus bigoteras siquiera cuando está en la casa...

Así es como, una tarde, ambos hermanos se trasladaron a un café del Barrio Latino, reducto de los artistas amigos de André, quien hizo las presentaciones. Allí estaban el pintor Tsuguharu Foujita, la escultora Chana Orloff, el escritor Charles-Albert Cingria, el pintor ruso Chaïm Soutine, y otros, haciendo durar sus jarros de cerveza o sus modestas tacitas de café, sumergidos en interminables discusiones sobre todo tipo de asuntos, pero principalmente sobre arte.

La llegada de Jeanne no pasa inadvertida, no solamente por su notoria belleza juvenil, sino además por lo original de su vestuario, diseñado por ella misma: para la ocasión ha elegido un impactante vestido verde, similar a un kimono japonés, calza babuchas de cuero del mismo color que sus botas, cuyas largas puntas se curvan sobre los empeines y remata el tocado, sobre su linda cabecita: un gran turbante rojo enrollado en muchas vueltas y de gran volumen, como el que usan los albañiles de origen indio que ella ha visto hace pocas semanas... Soutine se burla por lo bajo de la muchacha, comentando que parece "una gran frutilla con su tallo", mas Foujita, que lleva unos años instalado en París y ya tiene una reputación ganada entre los *marchands* de arte y la crítica especializada, queda sencillamente deslumbrado... A poco de presentársela André, el gran pintor japonés le pide a Jeanne que pose para él en su estudio, muy cercano al café; por supuesto, él le pagará por sus servicios.

¡Recién llegada a la colonia artística parisina, Jeanne ya tiene trabajo! Ella acepta de inmediato y convienen comenzar a trabajar en dos días. André, prudentemente, le aconseja a su hermana menor no decir ni media palabra en su tranquilo hogar paterno, pues el escándalo que ello provocaría sería mayúsculo... Ella acepta el consejo y, loca de alegría, dos días después acude al estudio de Foujita y, tras posar seis agotadoras horas para él, cobra su primer salario como modelo artística. Con el dinero de su trabajo, podrá comprar más telas y accesorios; quizá mañana, abrir su propia casa de modas. La chica no cabe en sí de regocijo y como ha comenzado a simpatizar con otras jóvenes artistas y modelos, en pocos meses se hace de un círculo de amistades permanentes. Fundamentalmente, se vuelve amiga íntima de la escultora ucraniana Chana Orloff, diez años mayor que ella y quien se gana la vida como modista para poder pagar la cuota del Taller de escultura de Marie Vassilief, en la Academia Rusa, en Montparnasse. Allí siempre necesitan modelos y la misma Orloff, por una módica suma, ejerce esas funciones. Siempre requerida de dinero para sus diseños, Jeanne solicita posar en la Academia, a través de su amiga ucraniana, y es aceptada de inmediato.

Precisamente una mañana de otoño está allí, vestida como una griega de la Antigüedad, posando para un grupo de estudiantes, cuando la clase es perturbada por gritos airados provenientes de una oficina continua. Orloff, muerta de risa, le aclara a su alarmada amiga: "¡Ése debe de ser Amedeo, qué otro, armando alguna de sus peleas!". En ese instante, deshaciéndose de los brazos de la propietaria Marie Vassilief, que lo amenaza con llamar a la policía, interrumpe la sesión de modelaje un hombre de estatura mediana, vestido casi con harapos, riendo a más no poder y que lleva una botella de vino en un bolsillo de su amplio gabán. Al parecer está ebrio, pues grita incoherencias a más no poder y no hace más que reírse a carcajadas frente a las amenazas policiales de la dueña de casa. La ha emprendido contra la clase que se estaba desarrollando antes de su intrusión, aullando que aquello no es arte sino mera basura; que la pintura y la escultura modernas son algo muy diferente de esas imitaciones de modelo vivo. Está por agregar algo más, cuando súbitamente se desploma, a causa seguramente de la bebida, en medio de la habitación.

La modelo y los estudiantes corren de inmediato a asistirlo, mientras la que ríe es la divertida Orloff, al tiempo que la dueña del taller, Marie Vassilief, advierte a todos que él está fingiendo, que lo hace todo el tiempo para llamar la atención.

Jeanne, asustada, ha apoyado la cabeza del supuestamente desmayado invasor de su clase sobre su regazo y le limpia la cara con el ruedo de su túnica de griega. El hombre huele a vino y a varias cosas más, pero a ella le parece el más hermoso que ha visto en toda su corta vida. Repentinamente, él recupera la conciencia –que no ha perdido nunca– y sonriéndole, le pregunta si ha muerto y si se encuentra en el cielo, pues ella sin duda es "un ángel que ha venido a socorrerlo".

Jeanne enrojece y no sabe qué decir, cuando la mano atrevida de aquel vagabundo se desliza debajo de sus ropas y la acaricia donde no deber hacerlo, al menos no cuando ni siquiera han sido todavía presentados... Ella lo abofetea y él se ríe groseramente. Luego se pone de pie, se acomoda la ropa y se va, siempre riendo, bajando a los brincos por las escaleras.

Confundida, Jeanne no sabe qué hacer... De a poco retorna el orden al Taller Ruso, pero la clase ha terminado por ese día. Divertida, Orloff toma del brazo a su joven amiga y le dice: "Pobrecita, otra que ha caído bajo el encanto bestial de este demonio italiano". Jeanne protesta ante su amiga diciendo que no quiere volver a ver a ese desconocido que ha interrumpido tan groseramente su sesión de modelaje y luego se ha propasado con ella, avergonzándola ante todos, pero su amiga ucraniana, mayor que ella y mucho más experimentada, se limita a sonreír y a decirle: "¡Ya verás, tú ya verás...!".

Enterado de lo sucedido por una torpe infidencia de su hijo André, el señor contable Hébuterne montó en cólera y anunció que jamás permitiría que su hija se relacionara con ese "mugriento italiano" que es más conocido por sus grescas y escándalos que por sus obras, pero ya es tarde. Tal como profetizó la escultora y modista Orloff, Jeanne no hizo otra cosa que buscarlo por todo Montparnasse, una vez repuesta de su enfado, ansiosa por dar con aquel hombre andrajoso y violento que decía detestar. Cuando lo encontró en un café del Barrio Latino, en los brazos de una de sus tantas amantes ocasionales, él ni siquiera la recordaba, pero ella se las arregló para devolverle la memoria esa misma noche.

"Contigo talento, amor y miseria"

En 1917 Amedeo Clemente Modigliani, tal su verdadero nombre, tenía treinta y tres años ya y Jeanne diecinueve. Nacido en Livorno, Italia, de madre francesa y padre italiano, conoció la miseria desde muy temprano pero también el arte: a los catorce comenzó a tomar clases que tuvo que interrumpir al enfermar de tuberculosis, el mal que terminaría con su vida años después. Aunque su enfermedad no hacía más que agravarse –también gracias a la mala alimentación, el consumo de drogas y de alcohol– su vitalidad desbordante le permitía entre las crisis de salud crear y también buscar nuevos horizontes.

Fue así que en 1906 llegó a París y rápidamente se hizo de amigos y rivales entre los artistas y escritores que pululaban por los barrios bohemios de esa ciudad, capital del país y de la vanguardia artística de aquel tiempo. Max Jacob, Cornelis Théodorus, Marie van Dongen, el gran Pablo Picasso, Guillaume Apollinaire, Diego Rivera, Chaïm Soutine –el que antes se burló de Jeanne comparándola con "una frutilla gigante"– y Vicente Huidobro, ya célebres por aquel entonces, le abrieron su círculo y no dejaron de admitir y admirar su genio artístico, pese a que "Modi" como todos lo llamaban, era de un carácter levantisco y muy difícil de tratar. Su estilo inimitable, muy influido por las esculturas africanas y orientales, las que hacían furor en la época, sin embargo apenas eran consideradas por los galeristas. Sus amigos lo alentaban diciéndole que él se había anticipado a su época y que el público apreciaría después, lo mismo que la crítica, su originalidad y talento, pero lo cierto era que, la mayoría de las veces, eran esos mismos amigos quienes debían prestarle dinero para pagar sus gastos más básicos: un modestísimo estudio donde vivir y comidas frugales y espaciadas, algo pésimo para un tuberculoso como él.

De todas formas Jeanne se había enamorado locamente de su "Modi" y no dudó en mudarse de inmediato con su amor a ese cuchitril donde vivía. Envió a su hermano André por sus cosas, diciendo que ella era ya mayor de edad y no debía responder más a la autoridad paterna.

Los esposos Hébuterne deciden de común acuerdo no aportar ni un centavo a la manutención de la joven pareja y el padre de la joven va más lejos: declara que ha dejado de tener una hija y que a partir de aquel momento ella –y por supuesto, "Modi"– tienen prohibida la entrada a su casa. Complementariamente, por cómplice de los amantes, el pobre André es expulsado de la casa paterna.

Pero el amor de Jeanne y Modi ha triunfado sobre todos los obstáculos y aunque invariablemente cenan cebollas y sardinas y eso cuando consiguen el dinero para comprarlas; pese a que las infidelidades de él generan tremendas peleas en el miserable hogar familiar y que ella no ha logrado establecerse como diseñadora ni él conseguido algún éxito con su pintura, aquella relación perdura y se hace muy famosa en el Barrio Latino, donde ella sigue ganando algún dinero tras largas sesiones de modelaje... Hasta que su figura cambia y nadie ya quiere contratar sus servicios. Jeanne está embarazada y solamente podrá volver a modelar cuando recupere su antes delgada y perfecta silueta. Cuando en 1918 nace la hijita de ambos, a la que nombraran Jeanne, como su madre, la miseria de su casa es tanta que deben entregar a la niña a un asilo, incapacitados como están ambos para subvenir sus más mínimas necesidades. Los Modigliani se encuentran en Niza, intentando que la gente rica adquiera las obras del genial pintor italiano, pero la moda en ese prestigioso balneario internacional es otra y nadie comprende sus trabajos. Desilusionada y con la congoja de haber perdido a su hija a los pocos días de nacida, la pareja vuelve derrotada y sin un centavo a París, donde el estado de él se agrava todavía más.

El crudo invierno parisino cubre de nieve el Barrio Latino y en la casa no hay carbón, ni siquiera sardinas y cebollas. Ya antes internado en Niza por una crisis respiratoria violentísima, Modi debe volver al hospital, pero ya es tarde para todo. Finalmente, el 24 de enero de 1920, en medio de una formidable borrasca de nieve y viento, el alma de Amedeo Modigliani abandona su cuerpo atormentado y Jeanne se encuentra sola y nuevamente embarazada.

Tras el populoso entierro de su esposo, al que acuden prácticamente todos los creadores que viven en los barrios bohemios, nadie se interesa por ella; solamente el fiel André la asiste y logra, suplicándole de rodillas a sus padres, que Jeanne pueda permanecer siquiera unos días en la casa familiar, cuyo portón de roble se había cerrado para ella cuando se fue a vivir con el desdichado Modi en el *atelier* de la rue de la Grande Chaumière... Pero pasados esos pocos días concedidos por la autoridad paterna, la grávida y desolada Jeanne deberá volver a la calle...

El día en que aquel plazo se cumplió, ella decidió acabar con toda su desdicha de una sola vez. Su salto al vacío fue el único final que encontró para la trágica historia de su único amor.

Bonnie y Clyde

Las primeras citas

El merendero favorito de la policía del lugar quedaba cruzando la calle y esa tarde de enero de 1930 el local estaba atestado de gente. Café caliente, pasteles y rosquillas era el pedido que más salía, sobre todo porque el frío iba arreciando a medida que avanzaba la tarde. El rumor de que, pese a la prohibición que regía para vender alcohol en todos los Estados Unidos, en aquel sitio se entregaba a escondidas, venido de Canadá, nunca había sido confirmado. De todas formas, los policías vigilaban con discreción, particularmente a una de las mozas de salón, una linda rubia que todavía no cumplía los veinte, llamada Bonnie Parker. Pesaba apenas cuarenta kilogramos y era movediza y muy despierta, pero la policía sabía muy bien que bajo esa sonrisa encantadora se escondía la ex mujer de un asesino con el que se había casado cuatro años antes, para luego divorciarse. Además, "quien anda con gente como ésa", solía decir el sheriff, con desconfianza, "tampoco es trigo demasiado limpio".

Los agentes se turnaban para vigilar el merendero de día y de noche, esperando atrapar a los contrabandistas de whisky y ganarse así un ascenso. De paso, para comer gratis, pues las medidas tomadas por el gobierno para combatir la Gran Depresión, tras la caída de la bolsa de valores el año anterior, incluía una gran austeridad respecto del gasto público, recortando los sueldos de todo el personal fiscal... Con café y rosquillas de regalo, los policías aguantaban hasta la hora de la cena y aquel ahorro de unos dólares les permitía disponer de algo más cada mes para los gastos familiares.

En verdad, temían perder su trabajo, como todo el mundo. Miles de desocupados en las grandes ciudades, cientos en las medianas, decenas en los pueblos más pequeños, como aquel donde prestaban servicio. El descontento de la población se traducía en manifestaciones y protestas, que eran prontamente reprimidas, pero en aquel pueblo, hasta entonces, no había habido mayores inconvenientes. La gente parecía resignada a su destino, aunque no se avizoraba cuándo la situación económica cambiaría... si es que de veras cambiaba alguna vez. Tampoco tenían en el condado hampones como en Chicago, Nueva York o Los Ángeles... Aquel era un pueblo tranquilo, y ellos estaban allí, bien dispuestos a lograr que siguiera siéndolo. El único problema era eso del whisky contrabandeado... Aunque ya los apresarían ellos, tarde o temprano.

De cosas como éstas conversaban ambos agentes, apoyados en el largo mostrador del merendero y mordisqueando sus rosquillas de favor, cuando uno de ellos prestó atención a una discusión que se estaba dando en la cocina del salón. El ruido que hacían los parroquianos no permitía descifrar qué estaba sucediendo con exactitud, pero desde donde estaban los policías podían ver al encargado, Moe, un negro de casi dos metros de altura, discutiendo fuertemente con la pequeña Bonnie, mientras detrás de la chica otra como de su edad esperaba. Finalmente Bonnie se quitó el delantal y lo arrojó de costado con mucho enojo, saliendo de la cocina con la otra joven y luego del local.

El policía de mayor edad le pegó un codazo a su compañero y le susurró al oído: "Síguela, yo me ocupo del negro". El joven policía salió detrás de Bonnie y su amiga, abordó el coche patrulla y siguió por la carretera el Buick que las llevó hasta las afueras del pueblo. Aquel era un coche demasiado caro para una simple camarera y su amiga.

En el merendero, el otro policía interrogó minuciosamente a Moe, el encargado, quien le refirió que en los últimos tiempos aquella menuda y activa camarera que era Bonnie cada vez más seguido pedía permisos para ausentarse por una o dos horas del trabajo, pretextando tener que ir a cuidar a una amiga que se había roto un brazo en un accidente. El negro encargado suponía que la linda Bonnie tenía alguna "simpatía" por allí, pero ella no había abierto la boca sobre el asunto. Para el policía aquello era todavía más sospechoso; si tenía algún "amigo", ¿por qué no lo veía, como todo el mundo, después del trabajo? Se arriesgaba así a que un buen día Moe decidiera despedirla y como estaban las cosas, conseguir un trabajo nuevo era algo muy parecido a un sueño... La chica no era tonta, concluyó el policía, ¿por qué causa haría eso, a menos que su supuesto novio no pudiera aparecer en público por alguna causa? Sí que era sospechoso aquello...

Las suspicacias del policía se confirmaron cuando una hora después volvió a la oficina del sheriff. Su jefe había recibido el informe del joven policía, quien había identificado a uno de los hombres que se habían encontrado con Bonnie y su amiga. Era Clyde Barrow, y aquella noticia alteraba por completo la paz del lugar.

Clyde Chestnut Barrow era el sexto de siete hermanos, nacido el 24 de marzo de 1909 en Ellis County, Texas, en el seno de una familia casi indigente. La descripción del joven policía no admitía dudas: más bien de baja estatura, no muy robusto y con el cabello color de madera oscura, peinado con la raya al medio, Clyde no era un maleante de los peores, pero sus robos reiterados, desde su primer arresto en 1926, se habían vuelto más ambiciosos y con su banda, desde 1927 hasta esa fecha, ya había atracado una quincena de modestas sucursales bancarias.

La chica Bonnie era sin duda su amante y seguirla los llevaría a dar con la banda de Clyde... Debían pedir refuerzos para intentar la captura, pues la dotación de aquel pueblo se reducía al sheriff y sus dos policías, y aquello demoró las cosas. Recién llegada la medianoche, con refuerzos venidos de dos pueblos cercanos, el sheriff local y sus dos ayudantes rodearon la casa donde Bonnie Parker y Clyde Barrow tenían sus encuentros cada vez que las circunstancias lo permitían. Empleando un megáfono, los oficiales ordenaron a los posibles moradores de la vivienda salir de ella con los brazos en alto. A un costado de la casa seguía el Buick que había llevado a Bonnie y su amiga hasta el lugar, por lo que se suponía que Clyde y sus hombres seguirían en el sitio. Aquello era un ascenso seguro, especulaban los policías, aunque Clyde todavía era un criminal de relativa poca monta... Como nadie contestó la intimaciones de rendición, desenfundando las pistolas y apuntado a las ventanas con fusiles automáticos, los policías se arriesgaron a allanar, corriendo los previsibles riesgos... Pero nada de lamentar sucedió, ya que al ingresar a la vivienda sin que nadie les opusiera la menor resistencia, solamente dieron con Bonnie y su amiga, vestidas de entrecasa y limpiando la sala. Al parecer, varias personas más habían estado allí, pero ya se habían ido.

El interrogatorio al que sometieron a las dos mujeres tampoco arrojó ninguna pista. Ambas negaron todo. Era fácil concluir que Clyde y su banda habían huido en otro coche, alertados por las chicas respecto de que la policía pueblerina las había seguido. Fastidiado, el sheriff ordenó vigilar nuevamente el merendero y dos noches después sus hombres arrestaron al encargado *in fraganti,* descargando varias botellas de whisky y ron casero de una pequeña camioneta. Bonnie no volvió nunca más por allí y en cuanto a Clyde y sus hombres, meses después fueron arrestados y condenados por un atraco que salió muy mal. Por supuesto, la historia no terminó allí.

Una chica enamorada y dispuesta a todo

Definitivamente Bonnie Parker se había enamorado perdidamente de Clyde Barrow apenas lo había conocido, en la cabaña de su amiga a las afueras del pueblo. Se habían visto repetidas veces desde entonces y vuelto amantes apasionados. La intempestiva y torpe entrada del sheriff local y sus refuerzos habían hecho reír muchísimo a Clyde y sus hombres, cuando ella y su hombre se reencontraron, pero ahora las cosas no eran precisamente alegres.

Condenado a quince años por reiterados robos a bancos, Clyde lo estaba pasando muy mal en prisión. Había sido amenazado de muerte por otros reclusos y uno de ellos, inclusive, había intentado violarlo. En una de las visitas que Bonnie le hizo, Clyde le confió un arriesgado plan que tenía para vengarse de los malos tratos sufridos y de su larga condena. En la visita siguiente, Bonnie ocultó una pistola 38 mm entre sus prendas íntimas y se las arregló para pasársela a su amante aprovechando una distracción de los guardias. Regresado a su celda, Clyde envolvió el arma en una almohada y ejecutó de dos disparos a su frustrado violador, que no era otro que su mismo compañero de reclusión. Luego llamó a los guardias, diciendo que el hombre estaba enfermo, y cuando ingresaron en la celda los amenazó con la 38, los maniató y los amordazó, dejándolos encerrados a solas con el cadáver. Luego, quitándoles las llaves generales y abriéndose paso a punta de pistola, logró ganar la calle, donde un nuevo vehículo, el célebre Ford V-8, Modelo B que se convirtió en la marca favorita de la banda por su potencia y velocidad, lo esperaba.

En los asientos delanteros estaban sus cómplices que no habían sido atrapados con él; en el asiento trasero, Bonnie con una ametralladora Thompson lista para cuidar la huida de su amor, la famosa "Tommy" que era la preferida de los *gangsters* de la época. La poderosa arma quedó apretada entre ambos cuando se fundieron en un apasionado abrazo, mientras el potente Ford arrancaba a toda velocidad. Fueron tres meses de amor, felicidad y atracos para la pareja, ya Bonnie definitivamente integrada a la gavilla, pero una delación puso después a Clyde nuevamente entre rejas.

Afanosamente, Bonnie y sus secuaces movilizaron abogados y contactos para aliviar la condena del jefe, quien finalmente, en el gélido febrero de 1932, logró el beneficio de la libertad provisional... Los malos tratos sufridos en la prisión, los vejámenes padecidos durante sus sucesivos encierros, habían convertido al simple ladrón que era Clyde en un feroz enemigo del sistema penitenciario de los Estados Unidos, resuelto a cobrar venganza a toda costa. Odiaba particularmente su última residencia penal, la unidad Easthmam, en Lovelady, Texas, famosa por las crueldades a las que el servicio penitenciario sometía a los reclusos. Recién en 1972 la corte estadounidense reconoció que las condiciones de vida y el maltrato imperantes en Easthmam violaban la Constitución de los Estados Unidos y los más elementales derechos humanos.

Nace una sangrienta leyenda

El viernes 5 de agosto de 1932 el calor arreciaba en el pueblo de Stringtown, estado de Oklahoma, donde Clyde y algunos de sus hombres esperaban planificar un buen golpe. Bonnie quería ir de visita a la casa de su madre, pero luego la atrajo más ir a un humilde local bailable cerca del Red River.

Los forajidos llegaron a la conclusión de que aquel era un buen momento y un buen lugar para reflexionar sobre lo que tenían entre manos tomando unos buenos tragos. Aunque seguía imperando con todo su rigor la prohibición de fabricar, transportar, comercializar, vender y beber alcohol, conocida popularmente como la "Ley Seca" desde su promulgación en 1919, en numerosos tugurios y puestos ilegales era posible hacerse de whisky, ron, gin y cerveza, si uno era conocido por los despachantes... y Clyde definitivamente lo era.

En la trastienda de aquel local que él bien conocía, era posible acceder a los tragos. Bonnie, Clyde y sus cómplices –Raymond Elzie Hamilton, alias "Floyd Beatty"y Everett Milligan– salieron del antro en cuestión bastante achispados y de muy buen humor, sin saber que el sheriff Eugene Clyde Moore y su ayudante, C.G. Maxwell, llegaban en ese mismo momento, atentos a vigilar el sitio donde era habitual que se produjeran desórdenes y peleas de ciertas dimensiones. Al parecer todavía sedientos, Clyde y su banda entraron al Ford llevándose una buena botella de whisky para el camino, cuando aparecieron como de la nada los oficiales, que habían sospechado al ver un automóvil estacionado allí y cuya identificación no conocían.

Al ver la botella abierta de whisky, y sin reconocer a sus ya famosos interlocutores, el sheriff Moore intentó ponerlos bajo arresto. Sin que él ni su ayudante alcanzaran a sacar sus armas, desde el interior del vehículo les respondió una ráfaga de la "Tommy" empuñada por "Floyd Beatty" Hamilton, cuyo fuego estuvo reforzado por las sendas 9 milímetros de Clyde y Milligan. Moore falleció en el acto, en tanto que Maxwell cayó acribillado pero todavía vivo en un charco de su propia sangre. Al volante del Ford V8, Bonnie arrancó a toda velocidad, sin saber que iban rumbo a la fama... y la muerte.

Para el año siguiente, el prestigio de la banda Barrow había crecido mucho, y hasta cierta porción de la población veía con buenos ojos sus acciones, ya que habían dejado de lado el asalto a mano armada de pequeños establecimientos, como almacenes y estaciones de servicio, para concentrarse en los más lucrativos asaltos a sucursales bancarias. Los bancos, por aquella época de depresión económica, habían dejado en la ruina a buen número de estadounidenses, ejecutando las hipotecas, incautando los ahorros y liquidando implacablemente las deudas de los particulares.

Amén de este accionar criminal que los hacía ver como una suerte de "Robin Hood" modernos, el romance entre la bella Bonnie Parker y el jefe Clyde Barrow inspiraba repetidamente a la prensa amarilla, con titulares del tipo "Nuevo golpe de los Romeo y Julieta del crimen" y cosas parecidas.

En función de reforzar sus efectivos para poder dar golpes más ambiciosos, Clyde reestructuró su gavilla, aprovechando que su hermano mayor, Marvin Ivan Barrow, alias "Buck", había salido de la penitenciaría Huntsville del estado de Texas, el 22 de marzo de 1933, gracias a un perdón especial de la gobernadora Miriam Amanda Wallace "Ma" Ferguson, quien redujo su sentencia inicial de seis años de cárcel a solamente dos.

La banda Barrow quedó así conformada por Clyde como líder; Buck y su esposa, Bennie Iva Caldwell, más conocida como Blanche Barrow; William Daniel Jones, cuyos alias eran "Dub", "Deacon" o simplemente "W.D.", entonces de apenas diecisiete años de edad, y la fiel Bonnie, más algunos colaboradores de ocasión.

El accionar de la banda fue exitoso, logrando hacerse de un buen botín en golpes sucesivos, pero su suerte habría de cambiar abruptamente. Acosados por la policía de varios estados, los miembros de la gavilla Barrow tuvieron que esconderse prudentemente por algún tiempo en una discreta granja del poblado de Joplin, en el condado de Jasper, estado de Missouri. Antes de eso, su osadía había llegado tan lejos que no dejaron de tomarse repetidamente fotos posando con la "Tommy" y otras armas largas de su completo arsenal.

En la granja de Missouri estaban seguros y podían planear nuevos atracos mientras el tiempo pasaba a favor de ellos, pero uno de sus vecinos desconfió de esos forasteros que ocupaban la propiedad aneja a la suya y denunció su presencia ante la patrulla de autopistas local, que a las cuatro de la tarde del 13 de abril de 1933 allanó el escondite de la banda de Clyde, tras rodear la granja y bloquear todas las salidas.

Tomados por sorpresa, la reacción de los malhechores fue sin embargo veloz: una lluvia de balas de todo calibre que acribilló mortalmente a los oficiales Wes Harryman y Harry McGinnis, dejando gravemente heridos a varios más. El legendario Ford V8 ganó de vuelta la carretera, pero en su interior el joven "Dub" Jones sufría las consecuencias de varias heridas obsequiadas por la policía. Finalmente y ya escondidos en otro sitio más seguro, el juvenil *gangster* pudo reponerse, pero en el allanamiento de la granja de Missouri las fuerzas estatales dieron con todos los efectos personales de los malvivientes, entre ellos la cámara fotográfica del malherido Jones, con un rollo casi completamente usado en su interior, más buen número de copias ya reveladas de la banda a pleno, con sus famosas armas en la mano...

Se distribuyeron miles de nuevas copias por todo el país, ofreciendo una cuantiosa recompensa para quien diera datos fehacientes sobre algún miembro de la banda, algo muy tentador en tiempos de carestía como aquel, aunque se admirara a los "Robin Hood" americanos...

Prevenidos y hasta asustados, las pocas veces que Bonnie, Clyde, Blanche o su marido Buck tenían que salir de su nueva madriguera, debían usar pelucas, bigotes postizos, disfraces diversos para ocultar su identidad. El imprudente chico Jones, mientras tanto, seguía sanando...

Cercados nuevamente

Meses después, "Dub" Jones estaba casi restablecido por completo, al menos lo suficiente como para volver a empuñar su 9 milímetros y ayudar en los asaltos nuevamente. Sin salir de Missouri por la estrecha vigilancia de las fronteras estatales, la banda Barrow cambiaba cada tanto de madriguera, por seguridad, lo que la obligaba a tensos traslados de un sitio a otro.

En una de esas peregrinaciones, en junio de 1933, mientras los otros dormitaban a bordo del Ford V8 y Clyde manejaba por un riesgoso camino abandonado, vencido por el cansancio el conductor se durmió él también sobre el volante, despertando apenas a tiempo de no desbarrancarse y caer de un elevado puente; la casi instintiva maniobra de aquel extraordinario conductor que era Clyde los salvó de la muerte, pero el vehículo hizo varios trompos por la velocidad a la que iba y terminó incrustándose contra un mojón de cemento del camino, para después incendiarse.

Presurosamente, los ocupantes del Ford atinaron a escapar a tiempo del vehículo y alejarse de él, que estalló momentos después, al llegar las llamas hasta el tanque de nafta. Con Bonnie malherida en sus brazos, un atribulado Clyde comprobó que su amada tenía quemaduras graves en una de sus bellas piernas, heridas que podían infectarse de no ser tratadas prontamente. Con resolución y a punta de pistola, detuvieron al primer coche que pasó y así llegaron a su nuevo escondite. Para entonces Bonnie ya se había desmayado del dolor y el miedo que le había provocado el peligroso accidente. Al despertar, solícitamente Clyde y su cuñada estaban limpiando y curando sus quemaduras. Arriesgándose a ser descubierta, Blanche había conseguido medicamentos, vendas y fuertes analgésicos para la pobre Bonnie. De momento estaban nuevamente a salvo, pero la recuperación de Bonnie demandó semanas y, cada tanto, correr nuevos riesgos para conseguir alimentos y medicinas.

Clyde decidió, durante la convalecencia de su novia, que ya era hora de volver a la acción directa y así lo hicieron: el 23 de junio dieron un nuevo golpe en Alma, una ciudad al oeste del estado de Arkansas, donde el repuesto chico Jones y Buck Barrow ejecutaron a quemarropa al *marshall* local, Henry D. Humphrey, durante un intenso tiroteo del que lograron escapar con el botín y sin sufrir heridas de consideración.

Tras la muerte del policía, era preciso volver a cambiar de guarida, por lo que el 18 de julio se dirigieron a un complejo de cabañas, el Red Crown Cabin Camp de Platte City, Missouri, con Bonnie todavía resintiéndose de sus quemaduras. Allí alquilaron dos de las unidades y un par de garajes linderos, pero cometieron un nuevo error, tras la fatídica pérdida de sus fotografías: esa vez le pagaron al casero, llamado Neal Houser, los alquileres temporarios con gruesas monedas de plata, las mismas que acababan de robar en Arkansas, según contaban todos los periódicos del estado de Missouri.

El bueno de Neal, muy asustado, no perdió tiempo para denunciar sus sospechas en la oficina del sheriff, pero allí se encontró con que alguien le había ganado de mano con el mismo propósito.

Como había hecho antes, Blanche se había dirigido al pueblo en busca de comida y más medicinas para la quejosa Bonnie, quien seguía sufriendo grandes dolores mientras iban curándose sus quemaduras. El farmacéutico que le despachó a la mujer vendas, desinfectantes y calmantes la reconoció por las famosas fotos publicadas en los diarios y allí estaba, aterrorizando, declarando ante el sheriff Holt Coffey, quien no esperó a tomarle la declaración completa al involuntario casero de los Barlow y Cía. Guiados por él hasta la propiedad, los hombres de Coffey rodearon el complejo de cabañas, mientras llegaban los refuerzos solicitados a Kansas City, que incluyeron hasta un camión blindado...

Tan peligrosa era ahora la banda Barrow, aunque en su lecho de convaleciente Bonnie aferrara llorosa a su mascota, un conejito blanco con un gran moño rojo, regalo recibido en su lejana, última visita a la casa de su madre. Aquel animalito y el amor incondicional de su adorado Clyde eran su único consuelo mientras sanaban lentamente sus heridas. Escondidos a unos pocos cientos de metros, los hombres del sheriff Holt Coffey y los refuerzos venidos de Kansas esperaban a que por radio llegara la confirmación de que la policía de tres estados –Oklahoma, Texas y Arkansas– había bloqueado todas las rutas de escape.

La banda Barrow debía terminar sus días allí mismo, en el Red Crown Cabin Camp de Platte City, Missouri, y a la jornada siguiente todos los que habían tomado parte en su exterminación serían héroes... Pero no fue así. Al parecer, Bonnie y Clyde tenían siete vidas.

"Dub" Jones, el jovencito siempre inquieto, había escuchado la conversación de algunos parroquianos en un negocio cercano, refiriéndose a la inusual movilización de policías en los alrededores... Oír aquello y volver a las disparadas al escondite habla a las claras de que juvenil criminal no era tan atolondrado como podríamos suponer.

Ante la noticia, la banda completa se había atrincherado en la cabaña de Buck y Blanche, poco antes de que los rodearan las fuerzas policiales. Las horas pasaron sin mayores incidentes, hasta que cerca de la medianoche, bien cubierto por sus hombres, el mismo sheriff Coffey golpeó cautelosamente la puerta de la vivienda y se identificó, intimando a que todos salieran con las manos sobre la cabeza.

Con voz trémula, Bonnie contestó desde el interior que aguardaran, pues ella se encontraba en paños menores. Segundos después comenzó un nutrido tiroteo entre la banda y los policías, como resultado del cual los criminales lograron nuevamente rehuir su captura... aunque con varios de sus miembros muy malheridos: Buck Barrow, el hermano mayor de Clyde, había recibido un balazo en el costado derecho del cráneo y se desangraba en el asiento trasero del nuevo Ford V8 que habían conseguido, mientras que su esposa, Blanche, tenía los ojos llenos de astillas de vidrio, pues una andanada de ametralladora de la policía había hecho añicos la ventana detrás de la que ella se encontraba.

Huyendo a toda prisa, el 24 de julio llegaron como pudieron a Dexfield Park, un parque de diversiones abandonado en las afueras de la ciudad de Dexter, en el estado de Iowa. Allí los delató un campesino, que encontró casualmente rastros de sangre fresca y un fogón apagado. La guardia nacional del estado, más la policía local y de los alrededores, les pusieron a los malvivientes un nuevo cerco, que naturalmente derivó en un nuevo tiroteo bien sostenido por ambas partes... y nuevamente la banda logró escapar, menos dos de sus miembros: Buck fue baleado en la espalda y Blanche también recibió lo suyo. Capturados, él falleció una semana después, en el hospital Kings Daughters, de Iowa. Asombrosamente, Buck Barrow no murió debido a las terribles heridas que tenía en el rostro y la espalda, sino a causa de una neumonía.

El final de los amantes más famosos y temidos de EE.UU.

El 22 de noviembre lo que quedaba de la banda Barrow fue otra vez cercado por las fuerzas de la ley, pero también logró salir de ésa, a tiro limpio y por las suyas. Sin embargo las penurias vividas con Bonnie y Clyde fueron demasiado para el joven Jones, quien se abrió del asunto aunque no fue muy lejos: poco después fue reconocido y arrestado en Houston, Texas, donde confesó cuanto sabía y pidió clemencia.

Recién comenzaba 1934 cuando los siempre emprendedores amantes rescataron de la inhumana prisión de Eastham al antiguo cómplice de Clyde, Ray Hamilton, que purgaba allí una condena de 263 años por una multitud de cargos probados en su contra. Reincorporado Hamilton a la banda, todavía Clyde le sumó otro integrante: Henry Methvin. Así recompuesta la gavilla, el domingo 1° de abril de aquel mismo año cometieron un nuevo atraco que significó el asesinato de dos jóvenes policías de tránsito, lo que disparó a la opinión pública, que antes les era favorable, en su contra. Ya heridos y tendidos en el piso ambos oficiales, Bonnie los ejecutó de sendos disparos en la cabeza. Uno de los diarios texanos publicó, junto con las macabras fotografías del crimen, una caricatura de la silla eléctrica con un anuncio bien significativo: "Reservada para Bonnie y Clyde".

El célebre cazador de criminales Frank Hamer, retirado con honores de los Rangers de Texas, fue convocado para la misión de destruir a lo que quedaba de la banda Barrow.

La información obtenida por el FBI permitió tender una emboscada a la pareja más buscada de Estados Unidos. La fuerza policial sabía que Bonnie y Clyde visitarían la casa de los padres de uno de sus cómplices, Henry Methvin. Ocultos entre los arbustos a ambos lados de la carretera, un nutrido contingente de policías de Texas y Louisiana, armado hasta los dientes, aguarda pacientemente la aparición del legendario Ford V8, uno nuevo recién robado por los Barrow.

Cuando aparece el auto y lo tienen a tiro, los uniformados abren fuego sin dar la voz de alto: casi 200 disparos acribillan el vehículo, pues ya detenido y semidestrozado el automóvil, los policías continúan disparando con sus fusiles automáticos, pistolas, escopetas y ametralladoras.

Una espesa nube de pólvora rodea el Ford cuando finalmente se acercan, tras recargar sus armas. Al abrir la portezuela encuentran los cuerpos de los amantes, con más de cuarenta aciertos cada uno. Bonnie y Clyde murieron como vivieron. El último abrazo se lo dieron a bordo de aquel Ford V8, el 23 de mayo de 1934, en esa fatídica autopista 154, al sur de Gibsland y cercana a Bienville Parish, en el estado de Luisiana. Lo demás, es toda una leyenda.

Frida Kahlo y Diego Rivera

Un Romeo que parece encontrar la horma de su zapato...

¿Quién dijo que los hombres feos no son seductores? El que nos ocupa ahora, el famoso pintor mexicano Diego Rivera, era sencillamente muy feo y su gran amor, la también artista plástica Frida Kahlo, no menos famosa que él, en sus transportes de ternura lo llamaba cariñosamente “mi sapo”. Muy corpulento y muy gordo, Diego no tenía una cabeza precisamente de escultura griega, aunque sí muy grande, con rasgos toscos aunque muy decididos –así era él– y miraba el mundo a través de unos ojos saltones que parecían salírsele de las cuencas.

En 1929, mientras Occidente era arrasado por una de las mayores crisis económicas de toda su historia, Rivera no solamente ya era muy famoso, sino que ofrecía un largo prontuario de amores tempestuosos, de los que el galán salía a todo escape en cuanto las cosas se ponían espesas... Aunque ello implicara hacerles mucho daño a terceros. Diego María de la Concepción Juan Nepomuceno Estanislao de Rivera y Barrientos Acosta y Rodríguez, tal su verdadero nombre, era un auténtico desastre como novio, esposo o amante, lo que nunca fue obstáculo para que mujeres bellas e inteligentes cayeran rendidas en sus gruesos brazos.

Para aquel año, 1929, ya tenía en su haber un largo romance de una década, iniciado en 1909 con la pintora de origen ruso Angelina Petrovna Belova –mucho más conocida como Angelina Beloff–, de quien tuvo un hijo al que le impusieron su mismo nombre, en 1916; el niño Diego se murió un año después, pero el romance de sus padres siguió su curso, salpicado por innumerables infidelidades del ya importante artista mexicano, beneficiado por el gobierno de su país con subsidios y becas que le permitían estudiar pintura y perefeccionar su arte en diversos países, como Ecuador, Bolivia, Argentina, España y Francia... y acceder a nuevas conquistas amorosas, cumpliendo con el viejo dicho de tener "una novia en cada puerto".

La sufrida Angelina, que mucho había influido para difundir la obra del infiel Rivera en París, seguía esperándolo y recibiéndolo cada vez que Rivera pasaba por la Ciudad Luz, hasta que supo que su amado mexicano acababa nuevamente de ser padre, esta vez de una niña, gracias a sus relaciones más que artísticas con Marievna Vorobieva-Stebelska: Marika, nacida en 1919. La niña nunca fue reconocida por su ya famoso padre, pero hay que decir en favor de él que siempre la sostuvo económicamente. Todavía enamorada, Angelina lo perdonó y volvió a sus brazos, pero ya el romance de una década iba tocando a su fin: en 1920, gracias a una beca otorgada por el gobierno mexicano, el incostante y muy talentoso Rivera pudo escaparse de su amante rusa rumbo a Italia, para estudiar a los grandes maestros del Renacimiento. Ese sería el final abrupto de sus relaciones con la desgraciada artista. En tales estudios se encontraba y desde luego, emprendiéndolas con nuevas amantes, cuando en su país se produjo un cambio fundamental en la cultura: el general Álvaro Obregón Salido había asumido la presidencia de México a comienzos de diciembre de 1920, poniéndole el comienzo del fin a esa etapa tan gloriosa como trágica que se llamó la Revolución Mexicana, etapa que el prudente Rivera, luego muy activo políticamente, se había salteado viviendo en el exterior.

Obregón Salido había designado como secretario de Educación al escritor, político y abogado José María Albino Vasconcelos Calderón, firme partidario de los valores culturales, éticos y estéticos latinoamericanos. Era la gran oportunidad, para Rivera, de poner en práctica los conceptos que venía desarrollando, junto con otros artistas connacionales, respecto de un arte público, no encerrado entre las paredes de un museo, ni siquiera dentro del acotado espacio que brinda la pintura de caballete. Lo que Rivera y otros, como José Clemente Orozco, David Alfaro Siqueiros y Rufino Tamayo pretendían era un arte público, abierto a la mirada de todos, plasmado en las paredes de los edificios públicos y privados como testimonio pictórico de la afirmación de los valores que también defendía el flamante secretario de Educación...

A este grupo de artistas la posteridad los reconocería como los padres del Muralismo Mexicano y Rivera sería uno de sus grandes nombres, dotando al movimiento de una fama internacional.

Así, a comienzos de 1922, Rivera se encontraría –subvencionado por el gobierno de su país– pintando un enorme fresco en los muros del Anfiteatro Simón Bolívar de la Escuela Preparatoria Nacional, con la ayuda de los artistas Carlos Mérida, Amado de la Cueva y Xavier Guerrero, a los que se sumó el pintor francés Jean Charlot. La obra se llama "La Creación" y su tema es el surgimiento de la raza mexicana. Rivera pinta con pasión, día y noche, pero también encuentra tiempo para el romance. En diciembre de aquel año se casa nuevamente, esta vez con una de sus modelos, la bellísima Guadalupe Marín, que había posado para "La Creación" como la encarnación de la justicia. La Marín le daría dos hijas: Lupe, nacida en 1925, y Ruth, alumbrada en 1926. Desde luego ni su segundo casamiento ni el nacimiento de sus hijas fueron obstáculo para que el infatigable Rivera encontrara amores fugaces por aquí y por allá, al tiempo que su importancia como artista popular se acrecentaba más y más. En 1922 comenzó otra inmensa pintura al fresco en la Secretaría de Educación Pública y fue uno de los fundadores de la Unión de Pintores, Escultores y Artistas Gráficos Revolucionarios. Otro de los grandes amores de Rivera –la revolución socialista– daría comienzo aquel mismo año, cuando se afilió al Partido Comunista Mexicano. Al tiempo que sus ideas políticas se hacían más y más evidentes en sus trabajos, Rivera recibía más y más encargos para concretar sus murales, entre ellos los del Palacio de Cortés, en Cuernavaca; los de la Escuela Nacional de Agricultura y los encargados para el Palacio Nacional de la capital mexicana. Además, es designado director de la Escuela Central de Artes Plásticas, cargo que asume en agosto de 1929.

Ese mismo año lo encontramos afrontando otra responsabilidad: su tercer casamiento, a los cuarenta y tres años, con una joven de veintidós años, de una belleza muy particular. Se trata de Magdalena del Carmen Frida Kahlo Calderón, a quien la posteridad recordará como Frida Kahlo. Nacida el 6 de julio de 1907 en Coyoacán, México, Frida es la tercera hija del fotógrafo alemán Guillermo Kahlo y su segunda esposa, Matilde Calderón, mexicana de familia española. Como secuela de la poliomielitis contraída en 1913, Frida tiene una pierna mucho más delgada que la otra, pero sus padecimientos y limitaciones se acrecentarán todavía en mayor proporción en 1925, cuando siendo una adolescente padeció un gravísimo accidente de tránsito mientras regresaba de la escuela en compañía de su novio: su espina dorsal, dos de sus costillas, el hueso púbico, su pierna derecha y la clavícula se le fracturaron en varias partes, pero lo peor fue que un pasamanos la atravesó, ingresando por su cadera izquierda y saliendo por su vagina. Este brutal accidente la postró en cama durante largos períodos a todo lo largo de su vida, llevándola treinta y dos veces al quirófano para intentar reparar lo irreparable. Fue en una de sus tantas convalecencias que comenzó a pintar, en 1926. Aunque tanto o más interesada en los temas sociales y revolucionarios que su célebre esposo, Frida tenía una tendencia pictórica completamente diferente, pues en sus obras pintaba aquellos sucesos que habían modificado su existencia de un modo tan original como sorprendente.

En las pausas entre intervenciones quirúrgicas y tremendos tratamientos de rehabilitación que le imponían, Frida comenzó a relacionarse con artistas e intelectuales de izquierda, entre ellos el dirigente comunista cubano Julio Antonio Mella, exiliado en México, y su mujer norteamericana, la fotógrafa Tina Modotti. Ellos le presentaron a Diego Rivera, quien quedó deslumbrado por la belleza particular y el talento y carácter –muy fuerte, por cierto– de la joven artista plástica y, por supuesto, se aplicó de inmediato a cortejarla, pese a la gran diferencia de edad, lo que jamás había sido un obstáculo para sus arrebatos donjuanescos. Al parecer, Frida había capturado al maduro y experimentado Rivera, pues él no cesó sus galanteos hasta que ella aceptó casarse. Para entonces, ya la pasión que sentía por Frida se había amalgamado con la admiración que provocaba en Rivera su arte singularísimo.

"El elefante y la paloma"

Frida y Diego se unieron en matrimonio el 21 de agosto de 1929, y sus amigos compararon aquella extraña unión con la de un elefante y una paloma, en referencia directa a la corpulencia de él y la fragilidad de ella. Ya le habían diagnosticado a Frida que jamás podría tener hijos, pues las lesiones sufridas en su terrible accidente vial de 1925 habían afectado para siempre su aparato reproductor, pero no era ella una mujer fácil de convencer ni dejaba de lado sus objetivos cuando se los proponía. El resultado fueron diversos abortos a lo largo de su vida de relación con Rivera, tormentosa si las hubo: él no podía abandonar sus empecinadas infidelidades, pese al verdadero e intenso amor que sentía por su esposa, y ella, por su parte, no dejó en varias ocasiones de seguir los mismos pasos, tanto con hombres como con mujeres. El resultado fue el divorcio, en 1939. Pero antes de aquella primera separación –hubo otras, tantas como nuevos acercamientos entre ambos– ella lo acompañó en su brillante carrera artística, que tampoco careció de tropiezos.

Por divergencias con la conducción oficial del Partido Comunista Mexicano, Rivera fue expulsado de éste unos meses después de casarse con Frida, y un movimiento estudiantil, opuesto a la conducción de Rivera, lo llevó a renunciar a la dirección de la Escuela Central de Artes Plásticas en en mayo de 1930. Para colmo de males, los vientos políticos estaban cambiando en México desde años antes. El general Francisco Plutarco Elías Campuzano, sucesor de Obregón Salido en la presidencia a partir de 1924, no congeniaba con las políticas culturales de su antecesor y quien lo sucedió en 1928, el abogado Emilio Cándido Portes Gil, menos todavía. Las obras encargadas a Rivera se fueron paralizando o sus propuestas fueron directamente rechazadas por la nueva administración.

No le quedó al matrimonio de artistas otra salida que aceptar los ofrecimientos que les hacían desde los Estados Unidos, donde el prestigio y la fama de Rivera habían crecido, paradojalmente, no sólo entre la crítica y el público especializado, sino entre las clases superiores de esa nación. Ellos, que eran fervientes revolucionarios, iban a recibir encargos de parte de las familias más poderosas y ricas de aquel país, que era el Olimpo mismo del capitalismo... Pero no había otra opción, conque entre 1931 y 1934 se mudaron al otro lado del Río Grande, distribuyendo sus actividades artísticas, políticas y amatorias entre Detroit y Nueva York.

Escándalo en el Rockefeller Center

Paradoja entre paradojas, el mismo John D. Rockefeller Jr., zar de la industria estadounidense y heredero de la todopoderosa Standard Oil, entre otras empresas, fue quien en 1933 le encargó al izquierdista Rivera un enorme mural, destinado a decorar el hall imponente del edificio RCA, en Nueva York. Con el tiempo, esta construcción sería una porción del gran complejo edilicio que hoy conocemos como el Rockefeller Center, uno de los sitios más famosos de la Quinta Avenida e ícono indiscutido del corazón del capitalismo que Frida y Diego querían combatir.

La obra fue titulada por el artista "El hombre en el cruce de caminos" y era de grandiosas proporciones. Ya a punto de terminarla, Rivera le sumó un monumental retrato de... Vladímir Ilich Uliánov, mejor conocido como Lenin, el padre... ¡de la Revolución Rusa! Naturalmente, la furia de Rockefeller y la reacción de la prensa norteamericana no se hicieron esperar, mientras que el por lo menos "travieso" Diego Rivera reía a carcajadas de la indignación de sus anfitriones estadounidenses. El potentado norteamericano se sintió injuriado por aquel monumental retrato del mayor enemigo del capitalismo, incluido a último momento en "su" mural, y mandó inmediatamente cubrirlo de pintura blanca y finalmente, destruirlo. Eso sí, firmó el cheque correspondiente al saldo de los honorarios estipulados por Diego Rivera, quien en medio del mayor escándalo se volvió con Frida a México, para comenzar a pintar de nuevo aquel mural destruido por orden de Rockefeller en el Palacio de las Bellas Artes, con el retrato de Lenin, naturalmente, incluido como en la primera versión neoyorquina.

Nuevamente en México, los ardores amatorios de Rivera tuvieron un nuevo puerto, demasiado cercano a su esposa... en la persona de la mismísima hermana menor de Frida, Cristina. No era la primera vez que su "sapo" le era infiel, pero que la engañara con su propia hermana fue demasiado para Frida y aunque finalmente perdonó por enésima vez a Rivera, aquel episodio deterioró y mucho su unión. Fuera como fuera, ella comenzó a hacer de las suyas también, lo que provocaba unos celos feroces de parte del posesivo Rivera, quien llegó a seguir a Frida a lo que suponía eran citas galantes, llevando consigo una poderosa pistola automática de grueso calibre y listo para emplearla a la primera ocasión.

La venganza de Frida

La mejor oportunidad de Frida para cobrar venganza de las relaciones que Rivera había mantenido con su hermanita menor pareció llegar en 1937, cuando a la casa del matrimonio de artistas, en calidad de refugiado, vino a hospedarse el revolucionario León Trosky, ya septuagenario, y su madura esposa. Frida –quien apodaba "Barbitas" a Trotsky– inició un romance que fue correspondido por el anciano exiliado, quien era buscado por agentes de la Unión Soviética con órdenes directas de José Stalin de asesinarlo allí donde se les pusiera a tiro. Para entonces, las relaciones entre Diego y Frida se habían puesto aun más tensas y el 6 de noviembre de 1939 decidieron divorciarse. La separación duraría apenas un año, tras el cual volvieron a casarse; ese mismo año, después varios intentos fallidos, León Trosky fue finalmente asesinado por un sicario de Stalin, Jaime Ramón Mercader del Río, a causa de lo cual se inició una investigación en la que Frida y Diego, ambos por completo inocentes, fueron culpados del homicidio y hasta arrestados, aunque por breve tiempo, ya que rápidamente recuperaron su libertad.

En este período, la actividad artística de Frida va alcanzando un creciente reconocimiento, principalmente en los Estados Unidos y luego también en París, gracias al interés manifestado por el poeta, ensayista y crítico de arte André Breton, padre del surrealismo. Sin embargo, Frida no se llevaba bien con Breton, con quien tenía abiertas diferencias políticas, estéticas y personales. El estado de salud de Frida, por otra parte, no solamente no se estabilizaba sino que comenzaba ya a dar muestras de un franco deterioro. En 1950, ya famosa, debió ser hospitalizada nuevamente, durante todo aquel año.

La fama y el final

El momento de rotundo éxito en su propio país llegó para Frida justamente cuando su sufriente organismo comenzó a fallar rotundamente. En 1953 se concretó su gran exposición individual en la Galería de Arte Contemporáneo de México y aunque sus médicos le prohibieron expresamente presentarse en ella, Frida se las arregló para estar allí. Diego Rivera y otros artistas plásticos se pusieron al hombro la cama de hospital donde ella yacía nuevamente y así, llevándola en andas, ingresaron en el salón de artes, dejando estupefactos al público, los críticos y los medios de comunicación gráficos y radiales que habían enviado periodistas y fotógrafos a cubrir el evento.

En torno de la pobre artista, que estaba viviendo su día de gloria, se multiplicaban los estallidos de los flashes, los aplausos y los vivas a su nombre y su obra. Ubicada la cama de hospital en el medio del salón de la galería, ella atendió a todas y cada una de las entrevistas que le hicieron, brindó con cuantos quisieron brindar, sonrió a cuantos le sonreían y aclamaban sus trabajos. Cuando la ambulancia nuevamente la trasladaba al hospital, se desmayó y hasta se temió que hubiese entrado en coma. Aquel mismo año se le declaró una gangrena en una de sus piernas y el consejo médico decidió amputársela. Al despertar con el acongojado Rivera junto a su cama, y al advertir su mutilación aquella mujer admirable volvió a perder el conocimiento y se sumió en una depresión severísima, de la que las drogas más potentes no lograrían sacarla en lo poco que le quedaba de vida.

Diego y sus amigos se turnaban para estar junto a ella, mimándola pero también ejerciendo una estrecha vigilancia, pues ella no hacía otra cosa que hablar de su próximo suicidio, como única salida posible para sus atroces sufrimientos.

Pese a la intensa vigilancia a la que era amorosamente sometida por Diego y sus íntimos, Frida intentó dos veces quitarse la vida, la primera el 19 de abril de 1954 y la segunda el 6 de mayo, por lo que debió ser otra vez hospitalizada.

Frida Kahlo murió en Coyoacán, la localidad que la vio nacer, el 13 de julio de 1954. Su cadáver fue velado en el Palacio de Bellas Artes de la Ciudad de México y el ataúd fue cubierto con la bandera del Partido Comunista Mexicano. Incinerados sus restos, pasaron a ser guardados luego en una urna, en su casa natal.

Diego, a los setenta años de edad, moriría sólo tres años después, el 24 de noviembre de 1957.

Adolf Hitler y Eva Braun

Herr Wolff y dos chicas de Munich

Aquel día de octubre de 1929 ambas hermanas cruzaron apresuradamente la calle Amalienstrasse, en Munich, casi sin prestar atención al intenso tráfico de la hora. La mayor, Eva, que contaba diecisiete años, no dejaba de reñir a Gretl, de catorce, pues por culpa de ella y su temprana afición a los cosméticos corrían el riesgo de llegar tarde a la esquina de aquella calle y Theresienstrasse, donde estaba el moderno estudio fotográfico en el que apenas meses antes ellas habían conseguido finalmente un trabajo. Hijas de la baja clase media alemana, recordaban muy bien el hambre y la escasez que había acompañado su infancia, cuando su país, asolado por la hiperinflación y la enorme deuda que debía pagarle a los vencedores de la Primera Guerra Mundial, incluso había obligado a sus padres a separarse por no poder afrontar los gastos de una vida en común.

Gretl, riendo, le contestaba a Eva que para Alemania los tiempos habían cambiado, y que todavía mejorarían más, cuando aquel "hombre extraordinario", decía, "la encarnación misma del heroísmo y la pureza racial germana" terminara de hacerse con el poder y pusiera en orden las cosas, expulsando a los judíos, los comunistas y los socialistas que "no hacían otra cosa que parasitar a la nación". Fastidiada pero siempre apurando el paso entre la multitud, Eva escuchaba a su hermanita como quien oye llover, aburrida de la propaganda nazi que destilaban sin parar los labios pintados de Gretl, como resultado de sus relaciones con un cadete de las Hitlerjugend, las Juventudes Hitlerianas, una organización creada tres años antes, en 1926, por aquel "hombre extraordinario" que parecía haber organizado todo, cada segmento de la sociedad, para quedarse con su objetivo principal: el poder absoluto.

El amorcito nazi de Gretl era quien le conseguía los cosméticos franceses de contrabando y ella parecía embobada por completo ante aquel muchachito que lucía invariablemente de uniforme, con botas altas, pantalones de montar y camisa parda, el brazo izquierdo apretado por un ceñido brazalete con la esvástica. Aquella cruz gamada hacía estremecer de placer a la casera de la humilde pensión donde ambas vivían, bastante ridícula cuando saludaba con el brazo derecho extendido al joven novio de uniforme, desde lo alto de la escalera.

Eva era entonces bastante indiferente a todas aquellas ceremonias y apenas una o dos veces había acudido a los discursos públicos de aquel hombre que hacía ya estremecer a toda Europa con sus ideas de expansionismo y dominación, de persecución racial e ideológica, mientras los grupos que había organizado en el conjunto de Alemania cometían todo tipo de atropellos contra sus rivales políticos, golpeándolos en plena calle, destrozando sus locales partidarios, arrasando las imprentas donde los otros partidos imprimían sus periódicos y su propaganda... Sí, en el fondo, Eva Braun le temía a Adolf Hitler, casi tanto como su hermana menor lo admiraba.

Desde que había conseguido aquel trabajo –con lo difícil que era conseguir uno en aquellos tiempos– en el estudio fotográfico de *herr* Heinrich Hoffmann, se sentía algo más tranquila, pues todo el mundo sabía que su patrón era amigo personal del "gran hombre", quien hasta le había confiado la tarea de retratarlo a él y sus jerarcas del partido nazi con exclusividad. Nada malo les podía pasar a ellas dos, sucediera lo que sucediera en Alemania y el mundo, siendo vendedora y ayudante de *herr* Hoffmann; cuando logró que su patrón empleara a Gretl como segunda ayudante y mensajera, se sintió Eva todavía mejor. Ahora, las dos estaban protegidas...

¿Cómo había podido descuidarse tanto, permitiéndole a la inconsciente de Gretl volver a la pensión a retocar su maquillaje, cuando aquel día era tan importante? Sin duda, *herr* Hoffmann la regañaría y todavía lo haría más enérgicamente su nueva esposa, Erna, que no veía con buenos ojos que su flamante marido, quien llevada todavía luto por su fallecida Therese cuando ella y él se casaron, empleara a dos muchachas tan jóvenes en su floreciente negocio, jóvenes con las que pasaba tantas horas a solas, principalmente con Eva, en el cuarto de revelado...

¡Qué tonterías piensan las mujeres mayores! Ella, Eva, tenía ojos solamente para su trabajo, pues quería ser alguna vez la mejor fotógrafa de Alemania... Tal vez, si aquel importante personaje al que iban a retratar esa tarde, *herr* Wolff, otro amigo de Hoffmann, la ayudara. Le había dicho *frau* Erna que se trataba de un hombre poderoso, un rico industrial que apoyaba la causa. Tal vez fuera asimismo buen mozo y ella podría enamorarlo, ¿quién sabe?

Todo esto pensaba Eva Braun, llevando a la rastra a su hermana Gretl, cuando cerrando sobre el pecho su abrigo para protegerse del frío octubre muniqués, abrió la puerta del negocio en la esquina de las calles Amalienstrasse y Theresienstrasse, y en su apuro casi se llevó por delante a *frau* Erna. La dueña se hallaba muy atareada, acicalando todavía más las vidrieras, íntegramente cubiertas por fotos de Adolf

Hitler y otros jefes nazis, entre rojos estandartes que lucían la esvástica negra. Hitler hablando ante comités de obreros que lo saludaban con el brazo derecho extendido; Hitler en una reunión con empresarios y jefes militares; Hitler dando un discurso ante miles de personas allí mismo, en Munich; Hitler acariciando la cabecita de un niño rubio, cuya ropa infantil remedaba un uniforme de combate... ¿Qué tenía aquel hombre que tanto atraía a todo el mundo?

Frau Erna la sacudió de su ensoñación, regañándola ásperamente por haber llegado casi diez minutos tarde y al ver el maquillaje de Gretl, envió de inmediato a la jovencita a lavarse la cara, pues "una mujer alemana no puede lucir como una prostituta". Sin protestar, la chica corrió al baño a quitarse los cosméticos, mientras Eva, sin atender a los regaños de su patrona, vestía apresuradamente su guardapolvos de laboratorio y se dirigía al salón del fondo del negocio. Allí, con impaciencia y sonriéndole una y otra vez a su visitante, *herr* Hoffmann se esmeraba por distraer al misterioso visitante. Junto al sillón de elevado respaldo que ocupaba aquel distinguido cliente, cuatro fornidos guardaespaldas con uniforme de las Sturmabteilung, las temidas SA, cuyas camisas pardas aterrorizaban a los opositores del partido nazi, esperaban vigilándolo todo en la misma habitación, sin intervenir en absoluto en la conversación.

Al ingresar Eva al recinto, automáticamente los matones llevaron la mano a las pistolas Parabellum Luger que llevaban a la cintura, pero el invitado de *herr* Hoffmann, con un solo gersto de su mano enguantada les hizo volver a guardarlas en sus fundas.

Poniéndose de pie tras echarle a su empleada una reprobatoria mirada, *herr* Hoffmann comenzó a deshacerse en disculpas por su tardanza, mientras Eva, sin poderlo evitar, como hipnotizada, seguía allí de pie, en medio del salón de estar, sin poder creer lo que veía. Aquel que le dijeron que era un tal *herr* Wolff vestía de calle, muy corrientemente. Un traje gris con zapatos negros y corbata fina de igual color; la camisa, perfectamente almidonada, de un blanco impecable; el SA de su derecha sostenía como una estatua un abrigo también gris, con cuello de piel, y un sombrero tirolés apenas adornado con una pluma roja. Por todo lo demás, cuando se puso de pie, su estatura era apenas mediana (ella se lo imaginaba más alto) y sus modales, que intentaban ser relativamente corteses en aquella circunstancia, no lograban ocultar una natural brusquedad de los gestos, tan propia de los que están acostumbrados a mandar y ser obedecidos en el acto. El corto bigote apenas cubría dos centímetros a cada lado de su labio superior y el cabello, cortado al rapé, seguía el reglamento más estricto del ejército alemán. Sin embargo, en todo aquel conjunto que no lo diferenciaba mucho de cualquier cuarentón que ella podría haberse cruzado por las calles de Munich esa misma tarde, todavía sin decir una palabra, había algo que singularizaba por completo a "*herr* Wolff": eran sus ojos. Pequeños, fijos, sin expresión, como de pescado, provocaban en quien se fijaban un escalofrío, como si algo no exactamente humano lo estuviera contemplando. Luego era imposible desviar la vista.

Eva sintió instantáneamente esa extraña sensación y, de alguna forma, durante todos los años por venir, aquel magnetismo tremendo de esos ojos pequeños y fijos no la abandonó jamás, incluso cuando pasó de ser la modesta empleada de aquel negocio de fotografía a convertirse en la amante y postreramente, en la esposa de aquel sujeto que se escondía esa tarde en Munich bajo el alias de "*herr* Wolff".

Aquel *herr* Wolff que no era otro que Adolf Hitler.

Entre guerras, una amante que se va y otra que viene

Luego de aquel encuentro en el negocio de su empleador, pasó bastante tiempo hasta que Eva y Hitler volvieran a verse. El enojo inicial de herr Hoffmann por la llegada tarde de su empleada se había trocado en una atención solícita, que acrecentaba los infundados celos de su esposa Erna. Esta podía andarse bien sin cuidado, en realidad: su esposo jamás se atrevería a intentar poner la mano allí donde su poderoso amigo y cliente ya había reclamado la reserva. Antes de retirarse de aquella sesión fotográfica en que Eva y él se conocieron, Adolfo le había comentado algo por lo bajo a herr Hoffmann y éste, desde luego, había asentido con el mayor servilismo que podía expresar. A partir de entonces, tanto Eva como la adolescente Gretl recibieron mucho mejor trato de parte de sus empleadores y la hermana mayor, para su cumpleaños, recibió un regalo inesperado. Se trataba de un lujoso ejemplar de *Mein Kampf (Mi Lucha)*, el best seller escrito por Hitler años antes, mientras permanecía detenido en la prisión de Landsberg, desde el 1° de abril hasta el 20 de diciembre de 1924, tras intentar asestarle a la democracia alemana un fallido golpe de Estado conocido como "el Putsch de la Cervecería".

En aquellos años sombríos que precedieron a la subida al poder del nazismo, *Mein Kampf* se había convertido en el libro más vendido en todo el país y hasta se exportaban sus versiones traducidas a otros idiomas, fuera de Alemania. Los derechos de autor estaban convirtiendo a Hitler en un hombre rico, pero sus miras eran todavía mucho más altas. Aquel libro exitoso contenía todas sus convicciones, todos sus delirios de grandeza, todos los sangrientos disparates que se proponía concretar y que desgraciadamente –para millones de personas que todavía ignoraban cuál iba a ser su suerte– alcanzó a ver realizados, siquiera en parte, durante la última parte de su vida.

Eva no tenía el menor interés en política, y aquel grueso tomo de más de 700 páginas, lujosamente encuadernado en piel, era casi incomprensible para ella, que solamente se interesaba en los deportes y la fotografía. La dedicatoria autógrafa de Adolf Hitler, sin embargo, la conmovió. Al miedo inicial que había sentido le siguió la admiración después, mientras la popularidad de Hitler iba creciendo indetenible en todas las clases sociales de una Alemania enloquecida por la miseria y el costo de vida, el desempleo y el mismo terror que sembraban los sicarios nazis con sus atentados casi cotidianos. Oscuramente, Eva comenzó a fantasear, a imaginarse como la primera dama de aquel hombre que, todos lo decían, terminaría tarde o temprano por ser el jefe supremo, el "Führer", como no dudaban ya en llamarlo sus más entusiastas y fanáticos seguidores.

Él, por su parte, se mostraba muy cauteloso, aunque hacía vigilar cada movimiento de las hermanas Braun a la distancia. Los esposos Hoffmann brindaban para ello su mayor colaboración, pero el servicio de espionaje ya montado por el partido nazi para acechar a opositores, rivales políticos y potenciales enemigos futuros del régimen que Hitler quería instaurar, contribuía con informes rutinarios sobre cada actividad desarrollada por las jóvenes. Si Hitler tenía planes para el futuro o pensaba tenerlos en algún momento, debía estar bien seguro de a quién escogía para llevarlos a cabo. No era menos riguroso eligiendo una amante que un guardaespaldas o, después, un ministro.

La primera vez que la vio, le atrajo de Eva que encarnara lo que para él era el prototipo de la mujer aria: rubia, atlética, bien formada, gracias al atletismo que había practicado desde niña, Eva Braun no era precisamente bella, pero eso no era crucial en aquella extraña relación que iba a establecer, durante casi tres lustros, con el que iba a ser el hombre más temido y odiado del mundo.

Hacia aquel año de 1929, en plena crisis mundial de la economía, Hitler, de cuarenta años de edad, vivía con su media sobrina, Angela Maria Raubal, a la que llamaba familiarmente "Geli" y que apenas acababa de cumplir los veintiún años. Adolf la había conocido siendo ella un bebé lloroso en brazos de su hermanastra, Angela Hitler. La convivencia entre tío y sobrina, celosamente oculta en un comienzo, terminó por ser conocida aunque nadie iba a animarse a hacer mayores comentarios al respecto... no, al menos, en público.

Como era su costumbre, el posesivo tío de Geli mandaba controlar cada movimiento de su amante y familiar, que con el paso del tiempo comenzó a dar muestras de hartazgo y sofocación en medio de aquella situación amorosa que tanto tenía de reclusión... El número 16 de la Prinzregentenplatz, donde vivía y esperaba prácticamente prisionera que el fragor de su meteórica carrera política le dejara a su tío algún momento para encontrarse con ella, se había convertido en una cárcel... y con el tiempo, el control y la presión de Hitler sobre su amante-prisionera se incrementó. Al mismo tiempo, iban repitiéndose cada vez más cercanas en el tiempo las visitas del Führer al negocio de su amigo y servidor herr Hoffmann, quien había prosperado y ahora tenía sucursales dentro y fuera de Alemania... a costa de dejar a solas a su modesta empleada con su poderoso amigo, en aquel discreto salón del fondo del negocio, ya herr Hoffmann podía dárselas de ser un hombre de posición holgada, mientras buena parte del pueblo alemán pasaba hambre y privaciones de toda clase... y en el resto de Europa y América, las cosas no iban demasiado mejor.

Eva, mientras tanto, esperaba. El tono de sus relaciones con Hitler iba intensificándose más y más. Ella, en sus encuentros discretos en la salita del fondo del estudio de Hoffmann, ya lo llamaba "Adi", como su madre y apenas una decena más de personas osaban dirigirse a él, exclusivamente en la intimidad.

Finalmente, el 8 de septiembre de 1931, en su casa-prisión de la Prinzregentenplatz, la infeliz Geli se suicidó, disparándose en el pecho con la pistola Walther calibre 6.35 mm de su tío y amante. Al menos, tal fue la versión oficial.

La hora de Eva Braun había llegado.

"Adi", canciller de Alemania y luego Führer del Tercer Reich

Algo había en aquel hombre que llevaba a sus mujeres a tomar la última decisión. Convertida abiertamente en amante de Hitler, aunque cuidando las formas todavía –durante largos años jamás aparecieron juntos en público– Eva quiso seguir los pasos de Geli el 11 de agosto de 1932, empleando el revólver de su padre. Sin embargo su intento falló y aunque quedó muy malherida tras su intentona, tras una prolongada hospitalización se recuperó y como fuera que eso impactara en el espíritu de su poderoso amante, el vínculo entre ambos se fortaleció.

El incesante trabajo de él –quien ya tenía el apoyo de parte del ejército, algunas empresas alemanas y diversos sectores populares para sus planes de hacerse con el poder– no les permitía estar juntos salvo cuando Hitler se encontraba en Munich, ocasiones en que convivían temporariamente, pero el trabajo de Eva como asistente de Hoffmann, fotógrafo y documentalista oficial del partido nazi, paulatinamente les posibilitó que ella, discretamente siempre, lo acompañara en sus giras proselitistas. Mientras la influencia de Hitler en todo los estamentos sociales se incrementaba más y más, la frágil democracia alemana se iba desintegrando, acosada por la mala economía y el descontento general.

A comienzos de 1933, "Adi" fue formalmente nombrado Canciller del Imperio Alemán. Sin perder más tiempo, transformó a esa deteriorada república en un Estado totalitario que denominó como el Tercer Reich y pasó a gobernar sobre la base de un partido único: la ideología nazi había triunfado y no tardaría en amenazar al mundo entero.

Mientras Hitler rearmaba a Alemania para intentar conquistar Europa y establecer un régimen aterrador y hegemónico, Eva sentía en carne propia el deseo de posesión absoluta de su amante y las antiguas ideas suicidas tornaban a torturarla, haciéndole suponer que era la única vía de escape para su sometida existencia. Fue así que a mediados de mayo de 1935 intentó nuevamente terminar con su existencia, esta vez apelando a la ingesta de potentes somníferos. Sin embargo, una rápida hospitalización salvó nuevamente su vida.

Para mejor controlarla, Hitler ordenó a Eva y también a su hermana Gretl que vivieran en un apartamento en Munich y posteriormente, mejoró la prisión de ambas mujeres recluyéndolas en una lujosa villa alpina, el Berghof, cercana a Berchtesgaden, Baviera. Cuando el amo la visitaba dormían separados y la costosa residencia se parecía más a un cuartel general que a una casa de descanso. Tanto Eva como su hermana menor tenían la orden expresa de abandonar inmediatamente cualquier habitación del Berhof si ingresaba a ella Adolf Hitler acompañado de cualquier funcionario civil o militar. Ella, sumisamente, cumplía cada orden de su amante y entretenía sus ocios dedicándose a la fotografía y el cine, así como a jugar con sus perros, dos Scottish terriers llamados Negus y Stasi. Además, durante las prolongadas ausencias del Führer, ella personalmente cuidaba de la perra pastor alemán favorita de su amante, llamada Blondi... Así pasaron para Eva Braun, escondida de las miradas de todos en su prisión alpina o en la casa de Munich, los peores años que vivió el siglo XX.

Tras invadir Polonia el 1° de septiembre de 1939, cuando ya era tarde para todo por parte de quienes podrían oponérsele, la locura de Hitler lo llevó a intentar sus delirantes planes de conquistar el mundo... con éxito inicial. Había comenzado la Segunda Guerra Mundial.

Dieciséis días después de entrar triunfante en Varsovia, el ejército nazi invadió la Unión Soviética, y para 1941 se había apoderado de la mayor parte del Viejo Mundo y de África del Norte. La alianza con la Italia fascista de Benito Mussolini y el Imperio Japonés lo hacían sentir invencible. Del otro lado del frente de combate estaban el Reino Unido, la Unión Soviética, las tropas y el gobierno en el exilio de la Francia libre (país ocupado por Hitler desde 1940 hasta su liberación en 1944) y posteriormente, a partir de diciembre de 1941, los Estados Unidos de Norteamérica. Estas fuerzas coordinadas contra Hitler y sus seguidores eran conocidas como "los aliados".

El tiro del final, en Berlín

Estamos ahora en un escenario muy distinto. Hitler y su amante han abandonado su lujosa residencia alpina y se han refugiado, con lo que queda de la Alemania nazi, en un sólido bunker fortificado, en un Berlín sobre el que avanzan desde el Oeste las fuerzas aliadas occidentales y desde el Este el ejército ruso, para confluir en la capital alemana y darle el golpe de gracia al Tercer Reich, que en la imaginación desquiciada de Adolf Hitler era un imperio que iba a durar mil años...

Estamos en 1945, y la Segunda Guerra Mundial, con un costo de millones de vidas perdidas, pronto va a terminar. Delirando hasta el final, Hitler da la orden de que resistan la incontenible avanzada aliada hasta el último hombre, la última mujer y el último niño alemanes, mientras en todos los focos de resistencia sus menguadas tropas se rinden o son implacablemente barridas por la furia de los aliados. Las principales ciudades alemanas han sido arrasadas por los bombardeos y en los suburbios de Berlín ya chocan los sitiados nazis con el ejército norteamericano y el soviético. Casa por casa, calle por calle, barrio por barrio, la feroz embestida va liquidando uno tras otro los focos de resistencia del Reich.

Eva y Adolf han hecho hace tiempo un pacto suicida, en previsión de que un día como aquel llegara alguna vez. Para comprobar la efectividad de las cápsulas de cianuro con las que piensan suicidarse, envenenan a Blondi, la perra favorita del Führer, que muere en menos de media hora. Sí, las cápsulas son efectivas. Luego, el cuidador de los terriers de Eva extermina a balazos a esas mascotas. Nada que sea de su afecto debe caer en manos de los victoriosos aliados. Aquel mismo día, el 29 de abril de 1945, Eva consiguió lo que había tanto anhelado: unirse matrimonialmente con su amante. Es ya la señora Hitler, pero esa condición no va a durarle mucho.

Alrededor a las 15 horas de la jornada siguiente dos de los asistentes del Führer, Otto Günsche y Heinz Lange, escucharon claramente el sonido de un disparo, proveniente de las estancias que ocupaba su amo en el cercado bunker. Al ingresar en la habitación principal, sobre un sofá dieron con los cadáveres de Eva Braun, envenenada con cianuro, y de Adolf Hitler, quien se había disparado un balazo en la sien.

Las instrucciones eran claras: los cuerpos debían ser incinerados en ese mismo instante. Doscientos litros de gasolina hicieron en resto. Ella tenía treinta y tres años; él, cincuenta y seis.

Rainiero de Mónaco y Grace Kelly

Un niño rico que tenía tristeza

El 31 de mayo de 1923, el día en que nació, Raniero Luis Enrique Majencio Beltrán Grimaldi lo hizo con los títulos de duque de Valentinois, marqués de Baux, conde de Carladès y barón de Saint-Lô; pero el fundamental era el de príncipe del pequeño reino de Mónaco, diminuta ciudad-estado de apenas algo más de dos kilómetros cuadrados de superficie.

Desde el siglo XIII la familia Grimaldi es la propietaria de este principado y el niño Rainiero sería su heredero. En los años '20, sin embargo, Mónaco no era el próspero centro financiero, comercial y turístico de la actualidad. En realidad estaba al borde mismo de la bancarrota y ese peligro era el núcleo de las preocupaciones del abuelo de Rainiero, el príncipe Luis II. Además existía otro gran problema: por tratados firmados con la codiciosa Francia, si en algún momento Mónaco no tenía un príncipe heredero, volvía al seno de su vecina y adiós principado.

El castillo de Mónaco albergó detrás de sus gruesos muros y en sus fastuosos salones la infancia del que sería luego el príncipe heredero y su hermana, la princesa Antonieta Luisa Alberta Susana de Mónaco, Baronesa de Massy, pero aquella lujosa propiedad no estaba alterada por risas y juegos infantiles. La rigurosa etiqueta real, las tradiciones ancestrales y la costumbre también hereditaria, imponían que los príncipes fueran severamente educados por institutrices, celadores y una nube de profesores y sirvientes, dejando a sus padres todo el tiempo libre para las ceremonias a las que debían asistir, los actos oficiales, agasajos y fiestas que son el factor común de las aristocracias europeas. En verdad, Rainiero y sus hermanos tenían contacto con sus augustos padres apenas durante sesenta minutos diarios, a la hora del té; pasada ésta, los niños a sus lecciones y los adultos a sus juegos... De todas formas, Rainiero creció y se educó en los usos de la realeza y hasta llegó a ocupar el cargo de regente durante la última parte del reinado de su abuelo, el príncipe Luis II. A los veintiséis años la renuncia de su madre, la princesa Carlota, le permitió colocarse la corona el 12 de abril de 1950. Sin embargo, pronto comprobaría que no todas son rosas en la vida de un príncipe...

Una "princesa americana"

Estados Unidos no tuvo nunca príncipes, duques, condes o marqueses, pero sí millonarios. Uno de ellos –y muy rico– era el empresario John Brendan Kelly, de origen irlandés y ferviente católico. El 12 de noviembre de 1929, mientras en la lejana Mónaco el joven Rainiero seguía aprendiendo el ABC de la nobleza, nació en la familia Kelly, de Filadelfia, una hermosa niña que tendría un futuro tan brillante como trágico. Resultó bautizada como Grace Patricia Kelly y fue la tercera de cuatro hermanos.

Desde niña, la pequeña Grace tuvo un sueño y para apoyar ese sueño una voluntad muy firme, empecinada, como el arquetipo del cabezadura irlandés: ella quería ser actriz, una célebre actriz de Hollywood, una diva como las que veía en el cine, adorada por todos. Los prejuicios de sus padres nada pudieron contra la férrea determinación de la bellísima joven en que la pequeña Grace se convirtió y fue así que, cuando se juzgó lista para realizar su máximo deseo, se trasladó por las suyas a Nueva York, ganándose la vida como modelo. Pero ella sabía muy bien que con su figura escultural no alcanzaría para aquello que se proponía, por lo que consagró todo el tiempo que no desfilaba por la pasarela o posaba para revistas de moda al estudio actoral en la afamada Academia Nacional de Arte Dramático.

El mismo año en que Rainiero se convertía en príncipe de Mónaco, 1949, ella obtuvo por fin su primer papelito en Broadway, la meca del teatro neoyorquino, demostrando que nada tenía de "rubia tonta". Sus colegas de mayor edad y trayectoria debieron admitir que aquella hermosísima jovencita tenía un auténtico talento, al verla interpretar su rol en una obra tan seria como "El Padre", del famoso dramaturgo sueco August Strindberg. No contenta con ello y tras aparecer una docena de veces en la televisión estadounidense, Grace decidió que era el momento de dar el gran salto hacia el Oeste: fue así que se mudó a Los Ángeles, que era al cine lo que la avenida Brodway al teatro.

Su figura espectacular le permitió acceder a un papel de segunda en su primera película, "Catorce Horas", a los veintidós años de edad. Mas esa aparición dotada de tanto *glamour* como belleza hizo que Hollywood se fijara atentamente en ella y apenas un año después, en 1952, le aseguró un contrato para un nuevo film, el antológico western "A la hora señalada". Grace Kelly fue la coprotagonista, junto al mitológico "duro" del cine americano, el gran Gary Cooper.

Grace dejó de ser "una cara bonita" después de esta exitosa película, que es un verdadero clásico del cine de género. Las puertas doradas de los estudios se habían abierto para la chica de Filadelfia y la siguiente propuesta fue un papel en el film de aventuras que también se convertiría en un clásico en su categoría: "Mogambo", dirigida por John Ford y donde Grace compartía los créditos con figuras de primerísima magnitud de la época, como Clark Gable y Ava Gardner. Su actuación le trajo aparejada su primera nominación al Oscar de la Acdemia de Hollywood como la mejor actriz de reparto. Ava Garner fue nominada por el mismo film como actriz principal.

La maldición gitana de los Grimaldi

Aunque gordito, tempranamente calvo, bajo de estatura y decididamente poco agraciado, el joven príncipe Rainiero no descuidaba apelar a todos sus otros encantos para agenciarse continuamente cuanta compañía femenina le fuera posible. En este aspecto lo guiaba un claro sentido democrático: el noble proceder del heredero no discriminaba entre aristócratas y plebeyas. Pero su voluble carácter, al parecer, hacía que sus conquistas duraran lo que un soplo, llevándolo enseguida a buscar nuevos horizontes. En una de esas idas y venidas sentimentales, tuvo la mala idea de seducir a una bella gitana, a la que abandonó al poco tiempo. Se crea o no en esas cosas, la muchacha abandonada por el donjuanesco aristócrata decidió no dejar las cosas así, y apelando a los conocimientos ancestrales de los suyos dejó caer sobre la casa reinante una tremenda maldición, bien cargada de despecho, que sentenciaba que jamás un varón de la estirpe Grimaldi encontraría la felicidad amorosa, sino todo lo contrario. Debemos insistir: se puede creer o no en este tipo de leyendas, pero la cosa es que en el caso del pobre Rainiero y su no menos desdichada futura esposa, así se cumplió. Inclusive, para el príncipe la efectividad de la maldición gitana se comprobó antes de conocer a Grace Kelly.

Mientras ella iba paso a paso haciendo realidad su sueño de convertirse en una auténtica diva hollywoodense, el inveterado *play boy* Rainiero de Mónaco parecía haber encontrado la horma de su zapato en la figura de la actriz francesa Gisele Pascal. El flamante monarca estaba genuinamente enamorado de la joven y bella intérprete, pero entonces intervino la "maldición gitana de los Grimaldi": el casamiento de un príncipe reinante es cuestión de Estado y no se decide por otras razones que no sean las de la mejor conveniencia del reino... A Rainiero le habían enseñado eso desde la más tierna infancia, conque el mundo se vino abajo para él cuando su hermana le anunció que no tenía la menor intención de darle un heredero a Mónaco. Ello, aunque siguiera vigente el amenazante tratado firmado con Francia en 1918, al término de la Primera Guerra Mundial, aquel que estipulaba que si el trono monegasco se encontraba alguna vez sin alquien que lo ocupara, el principado independiente dejaría de existir..

Entonces, era exclusiva responsabilidad de Rainiero cumplir con esa cláusula. Para colmo de males, sus asesores contrataron médicos especialistas para que examinaran a la prometida Gisele Pascal, y esas pruebas arrojaron por resultado que la bella francesa no solamente era plebeya; también, que era estéril. Jamás Mónaco obtrendría de ella un heredero y, en consecuencia, jamás Rainiero podría tomarla por esposa. El rompimiento de esa relación era algo indiscutible. Desolado, Rainiero le dijo adiós a su gran amor, que desapareció de inmediato de la historia.

Del Oscar al trono

Del otro lado del Atlántico, en los Estados Unidos, el panorama era absolutamente diferente para la hermosa Grace Kelly. Aunque muy corta –duró cinco años–, su carrera cinematográfica iba a ser meteórica, consagrándola como uno de los grandes nombres de Hollywood. Un señor obeso y genial, cuya debilidad eran, precisamente, las rubias espléndidas como ella, le había echado el ojo: nada más ni nada menos que el gran director inglés Alfred Hitchcock, conocido como "el maestro del suspenso". Ya no se trataba de *westerns* ni filmes de aventuras, sino de aquello que la crítica entendía como "cine en serio". Con el gran Alfred la deslumbrante rubia filmaría tres de las mejores películas que contarían con ella, de un total de once en toda su breve carrera en la pantalla grande: "La llamada fatal" y "La ventana indiscreta", ambas de 1954, y "Para atrapar a un ladrón", un año después.

Pero aquel año, 1954, sería el mejor, probablemente, de toda su carrera, pues además de actuar para Hitchcock, tendría el papel principal en otras películas: "La angustia de vivir", bajo la dirección de George Seaton; "Los puentes de Toko Ri", dirigida por Mark Robson, y "Fuego verde", cuya dirección estuvo a cargo de Andrew Morton. Por "La angustia de vivir", apenas con veinticinco años de edad, la chica de Filadelfia recibió su tan anhelado Oscar a la actriz protagónica. Sólo otras tres películas la contarían en su elenco tras recibir la estatuita de la Academia: además de la ya mencionada "Para atrapar a un ladrón", "El cisne" y "Alta sociedad", las dos en 1956.

Como cualquiera de las estrellas del cine de la época, Grace Kelly recibía grandes sumas de dinero por sus interpretaciones, pero de igual modo su vida debía girar en torno de lo que decidieran los grandes estudios. La todopoderosa Metro Goldwyn Mayer estaba decidida a sacarle el mayor jugo posible a la nueva estrella que había creado y no esperaba más que ciega y absoluta obediencia por parte de ella. Consciente de ello, Grace apeló a su mejor sonrisa cuando la MGM dispuso que tomara parte en el famoso Festival Cinematográfico de Cannes, en el sur de Francia. Aunque exitosísima y ganadora de un Oscar, la jovencita estaba "en capilla" para los grandes estudios: había osado rechazar una película aquel año de 1955 y la orden de marchar a ese exilio temporario y dorado que era Cannes era la última advertencia de la poderosa compañía. Ella, como queda dicho, no era una "rubia tonta": entendió perfectamente el mensaje, sonrió e hizo las maletas.

Ni ella ni la MGM conocían el giro que iba a tomar su vida al aceptar aquel "castigo de lujo". Por otra parte, la envidia y la prensa amarilla iban tejiendo su ola de rumores en torno de la bella Grace, adjudicándole cifras récord de amantes dentro y fuera de los estudios. Que a los veinticinco años pudiera exhibir una carrera cinematográfica tan relevante, con un Oscar ya en su haber, estimuló el chismerío y hasta se la vinculó con varios galanes de la época, los que habían actuado con ella en sus exitosos filmes. Para los chismosos de siempre, la rutilante Grace Kelly ya había tenido amoríos con el Sha de Irán, Frank Sinatra y Marlon Brando, más David Niven, Clark Gable, William Holden y Ray Milland. Posteriormente, el listado que parecía interminable incluiría al protagonista de su última película, Bing Crosby.

De todas formas y entre estas escandalosas suposiciones, llegó la primavera 1955 del hemisferio norte a la costa mediterránea y Cannes se vistió de fiesta con su famoso Festival; el arribo de Grace Kelly fue cubierto por la relevante revista de espectáculos *París Match,* que planificó para la ocasión un completo registro fotográfico de la llegada y el paseo de la invitada de honor por los más bellos rincones de la costa sur francesa, incluyendo como escenografía el castillo que la familia Grimaldi poseía en la región. Allí fue cuando Rainiero entró en escena, posando con la bella norteamericana en la fastuosa propiedad familiar.

Al hacerlo, el príncipe seguía expresas indicaciones de un amigo de la familia, el multimillonario griego Aristóteles Onassis, quien tenía importantes negocios en el principado y velaba cuidadosamente por ellos. Onassis, en un principio, le había "sugerido" –si puede decirse así– a los atribulados Grimaldi remontar la imagen y la situación financiera del reino haciendo casar al príncipe heredero con una figura internacional y la elegida había sido la escultural Marilyn Monroe, pero ésta había huido espantada de la propuesta. Entonces el magnate griego aventuró el plan B, que incluía como coprotagonista a nuestra heroína, la chica de Filadelfia.

La sesión fotográfica duró casi una hora y las tomas se sucedieron una tras otra, mientras el dueño de casa escoltaba a su bella invitada a través de los fastuosos e interminables salones de la propiedad, los jardines principescos y el "pequeño" zoológico privado de la familia. Aquellas tomas fotográficas debían hablarle a la alta sociedad europea y norteamericana del esplendor y poderío económico de los Grimaldi, los dueños de Mónaco, desvaneciendo las sospechas de que, en verdad, estaban casi al borde mismo de la bancarrota... Naturalmente, esa edición de *París Match* se vendió muy bien, mientras circulaba el rumor de que Grace Kelly, aunque posaba con Rainiero de Mónaco, se veía a escondidas con el actor francés Jean-Pierre Amount, codiciado galán de aquellos tiempos y héroe de la Segunda Guerra Mundial.

Con Amount en el medio o no, parecía que la estrategia diseñada por el intrigante Aristóteles Onassis no iba a prosperar, pues Grace Kelly se fue de Francia una vez terminado el Festival de Cannes sin su supuesto amante francés ni su príncipe de Mónaco y no estaba previsto que se reuniera nuevamente con este último... Pero a veces, la providencia interviene en la vida de los simples mortales o hay terceros que ayudan a que así suceda.

Un cura casamentero

La capilla de Saint Charles, en Mónaco, estaba regida por un sacerdote norteamericano, el padre Francis Tucker, quien antes había brindado sus servicios espirituales en una iglesia de Filadelfia, lugar de nacimiento de la bella actriz norteamericana. Otra coincidencia notable era que el padre Tucker terminó siendo muy amigo de los tíos de Grace, Eddie y Russ Austin, quienes –también "casualmente"– estaban de vacaciones en la Riviera francesa y deseaban ardientemente participar de una fiesta de gala que se daría en el muy exclusivo Sporting Club de Montecarlo. Los parientes de la Kelly, sin embargo, no tenían entradas para la velada, y la ocurrencia del sacerdote fue que se comunicaran con el príncipe Rainiero, dándose a conocer como los tíos de Grace Kelly y solicitando su auxilio para ser admitidos en el elegante club francés. El apoyo espiritual del padre Tucker dio mejores resultados que los previstos, pues no solamente Rainiero les procuró a los necesitados parientes de su futura novia la mejor ubicación en la velada del Sporting Club de Montecarlo, sino que los invitó muy cordialmente a tomar el té, un estratégico té en su palacio...

Todo salió a las mil maravillas para ambas partes: como agradecimiento por su intermediación en el asunto de Montecarlo, los Austin le rogaron a Rainiero que los visitara en su hogar de New Jersey. La ocasión –siempre con la cuidadosa intervención del padre Tucker– se produjo en diciembre, cuando el príncipe decidió visitar los Estados Unidos para hacerse un chequeo en el Hospital Universitario Johns Hopkins, de Baltimore. Tuvo lugar una elegante cena en casa de los Austin y los tíos de Grace tuvieron entonces la feliz y "repentina" idea de que Su Alteza Serenísima celebrara la Navidad con los Kelly...

Tras los brindis y los buenos deseos, Rainiero y la famosa actriz se fueron juntos, muy juntos, a la casa de una de las hermanas de ella y volvieron a la mañana siguiente. En los días sucesivos, Su Alteza se vio repetidas veces con Grace, tanto en Filadelfia como en Nueva York y ambos famosos no se esforzaron demasiado en ocultarse de los fotógrafos. Finalmente, en el amplio piso de la actriz en Manhattan, el príncipe heredero puso rodilla en tierra y le pidió formalmente que se casara con él.

Para el padre Tucker, que había investigado a fondo la cuestión antes de brindarle su apoyo, Grace Kelly era una esposa ideal para el solitario príncipe de Mónaco, pues además de hermosa y célebre, era católica, de buena familia –o sea, rica– y los rumores respecto de sus idas y venidas amorosas no tenían mayor asidero. Aunque plebeya, buena candidata. Y como era una mujer inteligente y de mentalidad bien ubicada, se avendría a las formalidades bastante estrictas de la corte... aunque ello le significara resignar su carrera.

Inmediatamente, la prensa sensacionalista se apoderó de la noticia y ésta se esparció por todo el planeta. La chica bella y famosa que vía matrimonial se incorporaba a la más rancia nobleza europea... El sueño de cualquier chica norteamericana de buena posición, se estaba haciendo realidad.

La fiesta de compromiso se concretó en Filadelfia y mientras papá Kelly comprometía dos millones de dólares como dote, el príncipe Rainiero no se quedó atrás y le obsequió a su prometida un costosísimo anillo de diamantes, que incluía uno verdaderamente fuera de lo común: más de diez quilates en una sola pieza, sobre una montura de platino, especialmente diseñada para la ocasión. Tan encantada quedó Grace con aquel regalo principesco, que no volvió a quitárselo durante el resto de su vida, aunque ésta no iba a ser muy larga...

Los Kelly preferían que la boda se concretara en la capilla de Saint Bridget, pero la casa real de Mónaco comenzó a hacer ver claramente quiénes mandaban en aquella relación, disponiendo que se realizaran los esponsales en el sitio tradicional para ello, la monegasca Categral de Saint Nicholas, donde todos los Grimaldi se habían casado. Naturalmente, los norteamericanos fueron los que tuvieron que ceder.

Un nuevo problema surgió a la hora de establecer la fecha definitiva de la boda: los contratos que Grace había firmado con la MGM seguían siendo válidos y la unían por varios años más a la poderosa compañía, que podía demandarla con todas las chances de obtener una sentencia a su favor en la primera audiencia judicial. La aceitada maquinaria de los abogados del señor Kelly padre se puso en movimiento y finalmente (en tiempo récord, por la premura del asunto) se logró una arreglo adecuado para ambas partes: Grace Kelly filmaría su próxima película, significativamente titulada "High Society" (Alta sociedad) en Los Ángeles, donde los Grimaldi alquilaron una suntuosa mansión, en el elegante distrito de Bel Air, para estar bien cerca suyo. Por su parte, la MGM renunciaba a sus derechos sobre la actividad artística de la Kelly a cambio de los derechos exclusivos para poner en pantalla la que comenzaba a ser llamada "la Boda del Siglo".

En las vísperas de su matrimonio con Rainiero, Grace se trasladó a Mónaco prácticamente huyendo de la prensa norteamericana, que la acosó con guardias permanentes en torno de su casa familiar en Filadelfia y su lujoso piso de la Quinta Avenida, en Manhattan, así como durante toda la filmación de "Alta Sociedad" en los estudios californianos de la MGM. Sin embargo, al llegar a Europa por mar, a bordo del SS Constitution, se encontró con algo similar o aun peor por parte de los medios de comunicación del Viejo Mundo, todavía más urgidos por hacerle entrevistas y fotografiarla cuando día a día más y más se aproximaba la fecha del enlace.

Rainiero, su novio, la recibió antes de la llegada a puerto del SS Constitution a bordo de un lujosísimo yate, el "Deo Jurante II", y allí fue que la actriz se enteró que esa magnífica embarcación de lujo era su regalo de esponsales.

Ya en Mónaco, Grace terminó prácticamente por recluirse tras los gruesos muros de palacio, enfrascada en el urgente aprendizaje de la lengua francesa y el complicado protocolo y ceremonial de la corte que, muy pronto, sería suya... ¿O ella sería propiedad de esa misma corte?

La boda del siglo

Mientras Grace Kelly se entregaba con alma y vida a sus estudios para ser princesa, en torno de la grandiosa ceremonia proyectada se movilizaba un ejército de asistentes, técnicos, expertos y especialistas en las más diversas disciplinas. La casa real no quería dejar nada librado al azar y su socia, la MGM, tampoco.

El 18 de abril de 1956 contrajeron enlace en el salón del trono del palacio Grimaldi, en una complicada y fastuosa ceremonia civil. Al día siguiente, con igual o mayor despliegue todavía, tuvo lugar la ceremonia religiosa, que fue televisada para una audiencia de 30 millones de espectadores, con 600 invitados de cuerpo presente, entre ellos personalidades de la talla del Aga Khan, Ava Gardner, Cary Grant, el rey Farouk de Egipto, David Niven, Gloria Swanson y la "eminencia gris" que había estado en las sombras de todo aquel grandioso acontecimiento, el magnate griego Aristóteles Onassis. La prensa mundial estuvo allí, junto con una multitud de miles de curiosos, que aguardaron pacientemente en torno de la catedral para ver siquiera por unos instantes a la famosa estrella de cine y el monarca en su primera aparición publica como marido y mujer. El fastuoso traje de novia de Grace demandó dos meses del trabajo de cuarenta modistas e incluía un velo con muchísimas perlas naturales. Para la confección del conjunto de traje, velo y cola del traje se había empleado medio kilómetro de encaje, seda natural, tules y tafetán.

Los obsequios de altísimo valor superaban el millar, destacándose entre ellos el de los padres de Grace: una sala cinematográfica completamente equipada, que mandaron instalar en el mismo palacio Grimaldi, para que ella pudiera contemplar cuantas veces quisiera, en el futuro, las escenas de las películas que la habían hecho mundialmente famosa... Entonces, radiante de felicidad, Grace Kelly no sabía cuántas lágrimas iba a derramar en aquella enorme sala de cine regalo de sus padres, sola y durante horas y horas, cuando su sueño se transformara en la realidad objetiva y cotidiana de una princesa, que está tan lejana de lo que cuentan los relatos de hadas y las fantasiosas crónicas periodísticas...

Mientras los príncipes saludaban al pueblo y los invitados ilustres desde el atrio de la catedral de Saint Nicholas, las naves de la Armada norteamericana, desde su cercano fondeadero, saludaban la unión con cañonazos de homenaje. Aquello era un éxito en todos los sentidos, pensaba Onassis, distribuyendo sus mejores sonrisas a diestra y siniestra. Desde varios puntos de vista, sobre todo aquellos que más le interesaban al magnate griego, tenía toda la razón de este mundo.

La princesa está triste, ¿qué tendrá...?

En los años que trascurrieron desde su grandioso casamiento, la pareja real tuvo varios hijos: la princesa Carolina Luisa Margarita, nacida el 23 de enero de 1957; el príncipe Alberto Luis Pierre –heredero del trono– el 14 de marzo de 1958, y la princesa Stephanie Marie Elisabeth, nacida el primer día de febrero de 1965.

La belleza, sencillez y sensibilidad de la actriz norteamericana, plebeya devenida princesa, terminó por conquistar a todo el pueblo monegasco, que no solamente aprendió a aceptarla, sino paulatinamente a amarla, mientras que ella... Amaba a su pueblo y a su familia, pero el sacrificio tan temprano de su fulgurante y breve carrera cinematográfica, abandonada cuando había alcanzado la cumbre de su gloria y todos le auguraban un porvenir brillantísimo en las pantallas de todo el mundo, con el tiempo fue pesando más y más. Criando a sus hijos, acudiendo a tediosas y prolongadas ceremonias que hacían imprescindible su presencia a causa de su rango social, Grace Kelly iba envejeciendo en una jaula de oro, aquel palacio fastuoso cuyos muros le parecían muchas veces los de una prisión.

Rtainiero, por otra parte, paulatinamente volvió a su vida anterior, plagada de acontecimientos sociales que lo tenían como protagonista en todo el mundo, tanto en su carácter formal de primer mandatario de su país como en su condición de personaje internacional, promoviendo activamente las inversiones en Mónaco, que se transformó paso a paso en un floreciente paraíso fiscal. La pesadilla de la bancarrota había sido derrotada y era apenas el espectro difuso de un pasado que nadie quería recordar. Pero aquellas actividades de Rainiero no incluían en muchas, muchísimas oportunidades, a su real esposa, que debía quedarse en casa cuidando de los pequeños príncipes, asistiendo a galas de caridad, atendiendo a todas las ceremonias que incluyen princesas europeas que sonríen, sonríen siempre, hasta cuando no tiene motivos personales de ninguna índole para hacerlo.

Grace ya no los tenía. Cuando sus pesadas cargas como cabeza de la casa real en ausencia temporal de su marido o las ocupaciones derivadas de su triple maternidad se lo permitían, su refugio era aquella solitaria sala de cine que, le parecía, un siglo atrás le habían regalado sus padres. Allí, a solas siempre, mandaba proyectar una y otra vez sus viejas películas, donde lucía dichosa y bellísima, sin adivinar todavía qué le esperaba después de aquella oscuridad y esa rutina de lujo, tan tediosa como cualquier otra.

Muerte en la carretera y dos amantes inseparables

Grace Kelly no sabía que su encierro dorado terminaría justamente allí donde, tantos años antes, habían rodado varias escenas con Cary Grant, durante la filmación de la película "Para atrapar al ladrón". El 13 de septiembre de 1982, mientras Grace y su hija menor, Estefanía de Mónaco, retornaban a palacio en su automóvil, provenientes de su mansión campestre de Roc Agel, la joven –quien iba entonces al volante– sufrió un repentino síncope cardíaco y perdió el conocimiento. Falto de dirección, el vehículo se salió de la carretera y volcó, hiriéndose de extrema gravedad la ex estrella de cine. Su desmayada hija no sufrió más que algunos raspones y contusiones de menor gravedad.

Trasladada de urgencia al Centro Hospitalario Princesa Gracia, nada pudo hacerse ante su desesperante estado y al día siguiente, a los cincuenta y tres años de edad, falleció la chica de Filadelfia que había querido ser una diva y lo logró, de igual modo que cuando se propuso ser princesa. Las honras fúnebres, la luctuosa noticia que recorrió el mundo, las misas y ceremonias que recordaron a través de los años aquel terrible día nunca le brindaron consuelo a Rainiero III de Mónaco, para siempre separado de la mujer que enamoró por conveniencia de su país y terminó amando para toda la vida. Jamás pudo superar aquella atroz pérdida y el 15 de abril de 2005 falleció y fue sepultado junto a Grace Kelly, en la cripta de la Catedral de Saint Nicholas, donde se habían unido, décadas antes, en formal y aplaudido matrimonio.

La princesa Diana y Dodi Al-Fayed

Una inesperada noticia recorre el mundo

Las redacciones de los principales diarios del planeta recibieron un cable urgente, mensajes de Internet (cuyo uso no estaba tan generalizado como en la actualidad), desesperadas llamadas de los corresponsales asentados en París. Las ediciones que estaban preparadas para imprimirse esa misma noche tuvieron que ser descartadas, porque aquella noticia –trágica, tremenda– había hecho envejecer a todo lo sucedido antes.

En las primeras horas de la madrugada, en la capital francesa, Diana, princesa de Gales, había sufrido un terrible accidente automovilístico mientras viajaba en compañía de su compañero, el rico heredero egipcio Emad El-Din Mohamed Abdel Moneim Fayed (más conocido como Dodi Al-Fayed), de quien no se sabía si estaba muerto o todavía vivo. En la confusión característica de las primeras informaciones, todo tipo de especulaciones recorrían ya los círculos periodísticos y luego ganaron la calle. Mientras unos datos –no confirmados– daban por fallecida a lady Diana, popularmente conocida como "lady Di", otros aseguraban que seguía con vida, mas en estado crítico.

Esa noche del 31 de agosto de 1997 sería para los medios periodísticos y también para los hombres y las mujeres comunes, una de las más largas de la historia. La prensa amarilla no perdió tiempo y las especulaciones –sin confirmar ni las fuentes ni las evidencias posibles– aventuraban posibilidades que iban desde la más simple y lógica sospecha hasta las más disparatadas y febriles probabilidades. La confirmación de la muerte de Al-Fayed, producida a la 1.30 de esa fatídica madrugada, no hizo otra cosa que avivar todavía más el fuego periodístico.

Se hablaba de una conspiración cuyo objetivo había sido el asesinato de la célebre pareja, se asociaba aquello con la sospecha de que lady Di estaba embarazada de Al-Fayed y que aquel posible nacimiento de un hijo de una princesa real inglesa y un multimillonario árabe acarrearía graves conflictos políticos; se culpaba a tal y cual servicio secreto, se implicaba a la casa real británica, hasta se mencionaba en las rápidas elucubraciones a la CIA y al espionaje ruso, a una parte de la nobleza británica, al terrorismo internacional... En medio de ese mar de confusiones –unas inocentes y otras premeditadas, para agregar más sensacionalismo a la noticia–, suposiciones infundadas y datos mal interpretados, llegó la confirmación del fallecimiento de Diana, princesa de Gales, a las 4 de la mañana, hora francesa. ¿Quién era aquella mujer, por qué era tan importante, a causa de qué, días después, cuando se realizó su sepelio, fue llorada dentro y fuera de su país, Gran Bretaña?

Casi una chica común

Lady Diana Frances Spencer, tales sus nombres y su apellido, nació el 1 de julio de 1961 en Sandringham House, una mansión campestre ubicada sobre un predio de 32 kilómetros cuadrados, en Norfolk, Inglaterra. La magnífica mansión data de fines del siglo XVIII y desde un inicio fue una propiedad muy relacionada con la casa real británica: fue la residencia veraniega favorita de la reina Isabel II y de un crecido número de quienes la sucedieron en el trono. Diana fue la hija menor de John Spencer, octavo conde de Spencer, y su esposa, la honorable Frances Ruth Burke Roche, hija de los barones de Fermoy, miembros de la más rancia nobleza británica.

Recibió su educación en la Silfield Kings Lynn School, en Norfolk, posteriormente en Riddlesworth Hall y en el West Heath Girls' School, de Kent. En todas estas instituciones nunca se destacó como una buena alumna, si bien tenía una gran afición por los deportes. Un hecho grave alteró en 1969 su aparentemente tranquila y aristocrática vida familiar: sus padres se diviorciaron y ella y su hermano menor, Charles, debieron mudarse de la confortable y tradicional mansión a un departamento situado en el selecto distrito de Knightsbridge, al oeste de Londres. Las cosas no terminarían allí: para la Navidad de aquel año su padre, lord Spencer, les negó a ella y a su madre su permiso para volver al elegante departamento londinense y demandó a su ex esposa por la tenencia de sus cinco hijos. Para colmo de males, la abuela materna de Diana testimonió en contra de su propia hija, inclinando al tribunal a concederle a lord Spencer la custodia de los niños. Esta fue una etapa muy dura para la sensible Diana, quien sufrió mucho por la abrupta separación de sus padres y los posteriores litigios que ésta originó.

En 1977, con sólo dieciséis años, dejó la escuela en Kent y asistió por un breve período al Instituto Alpin Videmanette, en Rougemont, Suiza. Por entonces, aquella muchacha desgarbada y tímida, de elevada estatura y dulces modales, tenía la ilusión de convertirse en bailarina y, efectivamente, detrás de ese sueño tomó clases de danzas clásicas, pero definitivamente aquel no era su destino.

Un año antes su padre había contraído nuevo enlace matrimonial con Raine, la condesa de Dartmouth, mientras Diana repartía su tiempo entre frecuentes viajes y visitas a su madre, quien residía en Escocia.

La etapa suiza de su vida apenas había durado un año: en 1978 ya estaba de nuevo en Londres, desempeñando varias tareas –incluyendo la de niñera y maestra en un jardín de infantes– que luego fueron resaltadas por la prensa como aspectos que la relacionaron desde su primera juventud con la gente común, el hombre y la mujer de la calle, quienes llegarían a quererla como nunca antes fue amado un miembro de la aristocracia británica. Pero esa etapa de extremada popularidad aún está lejos en la vida de esa joven sencilla y amable, que parecía ser feliz con una existencia tranquila, sin saber que llegaría a ser un récord de Guinness, que la consagraría como "la mujer más fotografiada del mundo".

De tanto en tanto visitaba las posesiones de su familia, en Norfolk, y en una de las cacerías del zorro celebradas en la propiedad, imprevistamente los Spencer recibieron una visita regia: se trataba del heredero del trono británico, Charles Philip Arthur George Mountbatten-Windsor, entre otros muchos títulos príncipe de Gales e hijo mayor de la reina Isabel II, otro récord inglés, aunque por causas bien distintas que su futura esposa Lady Di: sería reconocido como el heredero aspirante a un trono que aguardó más tiempo en toda la historia de la Gran Bretaña...

Alto y desgarbado, decididamente no muy buen mozo, el príncipe de Gales había sido novio –muy brevemente, por cierto– de una de las hermanas de Diana, aunque para entonces ya se rumoreaba que mantenía relaciones clandestinas con cierta señora Camilla Parker, relaciones que continuaron posteriormente más allá de su matrimonio.

De algún modo misterioso, ambos (aunque ella tenía dieciocho años y él treinta y uno) se acercaron ese día, durante la partida de caza, y siguieron viéndose en Londres, comenzando un "interesante" noviazgo: las relaciones amorosas de los herederos de un trono europeo son cuestiones de Estado y cuando los noviazgos se extienden llamativamente, este aspecto empieza a ser estimado como un posible proceso que lleve a un matrimonio, con todas las consecuencias legales, políticas y sociales que puede acarrear una unión a tales niveles, sea ventajosa o no.

La dulce y apacible Diana Spencer, para la casa real, si bien no era una extraordinaria candidata, como lo hubiese sido una princesa heredera de otro de los tronos europeos, resultaba inobjetable por sus orígenes ranciamente aristocráticos y la buena imagen que daría ante el pueblo inglés. Al ver que las relaciones entre ella y el ya firme candidato a solterón incorregible que era el príncipe de Gales continuaban, la familia real dio su consentimiento para que aquella unión prosperara... Hasta el punto que fuera posible.

Y prosperó. Cuando los noviecitos cumplieron un año de estar juntos, la casa real invitó a Diana a visitar su castillo de Balmoral, en Escocia, lo que equivalía tácitamente a reconocer la relación que la unía con el heredero. Los chismes de la prensa inglesa ya empezaron a conjeturar sobre el futuro de la Corona...

Una "cenicienta" noble pasa a ser princesa: otra "boda del siglo"

La prensa inglesa no estaba desencaminada, pues el 24 de febrero de 1981 el vocero oficial del palacio de Buckingham, residencia de la familia real, anunció solemnemente que Diana Spencer y Carlos Windsor contraerían enlace matrimonial. Esa unión recibiría, como ya vimos antes que sucedió en el caso de Rainiero de Mónaco y Grace Kelly, el nombre de la "boda del siglo" y si bien quizá no superó en fastos y lujos a la de Mónaco, si le ganó en cuanto se refiere a la asistencia de celebridades y a la difusión televisiva a nivel internacional. Cabezas coronadas europeas y más de 150 primeros mandatarios del Viejo y del Nuevo Mundo se dieron cita aquel 29 de julio de 1981 en la magnífica catedral de Saint Paul, en Londres, donde el arzobispo de Canterbury ofició los esponsales, mientras más de un millón de personas esperaba ansiosamente la salida de la casa religiosa de la joven pareja y 700 millones de telespectadores seguían las instancias de aquel supuesto feliz matrimonio. Pero como en el caso de Grace Kelly, veremos después que no todas son rosas en la vida principesca... Aunque aquel día de 1981 Diana Spencer, ahora Su Alteza Real, lucía radiante y feliz del brazo de su flamante y regio marido.

Madre de los herederos del trono británico

En este tipo de matrimonios tan singulares, amén de glamorosos, la expectativa mayor está puesta, por parte del público, en los herederos que vayan a originarse a través de ellos. Las monarquías que todavía subsisten en el mundo lo saben muy bien y el nacimiento de aquellos que van a quedarse con el poder real –simbólico o concreto, según el caso– es siempre un acontecimiento muy celebrado y publicitado.

Cuando el 21 de junio de 1982 lady Diana alumbró a su primer hijo, el príncipe Guillermo, fue una ocasión de gran celebración en todo el reino. La sonrisa permanente de Diana sólo se empañó una sola vez aquel mismo año, cuando le tocó el deber oficial –una obligación impuesta por su rango– de asistir a los funerales de otra princesa, precisamente Grace Kelly, trágicamente fallecida en un accidente automovilístico, el mismo tipo de tragedia que, años después, acabaría con la vida de lady Diana.

Pero tras ese amargo momento las alegrías familiares continuaron, mientras por su carisma, simpatía y buena voluntad, Su Alteza Real Diana Spencer Windsor, princesa de Gales, iba calando más y más hondamente en el corazón de su pueblo. En su país se celebró todavía con mayor alegría el nacimiento de un segundo hijo de la pareja, Enrique, el 15 de septiembre de 1984.

En los años siguientes, mientras sus hijos crecían, lady Diana se ocuparía de ponerlos en contacto con la gente común y sus necesidades y padecimientos en cada oportunidad que su rango y las circunstancias se lo permitiesen, tanto en territorio real como fuera de Gran Bretaña. La prensa inglesa, encantada, no dejaba de tomar fotos de los príncipes y su madre almorzando en modestos restaurantes de comidas rápidas, como todo el mundo, cuando la gente del lugar apenas podía creer que esa joven y bella mujer y esos dos niños eran quienes eran, allí, sentados junto al pueblo inglés en vez de aparecer elevados por encima del común de los mortales.

Cuando ambos hermanos fueron aún mayores, Diana los llevó con ella para que tomaran parte en las numerosas obras de caridad y beneficencia en las que participaba, recorriendo hospitales, casas de huérfanos, asilos de ancianos, centros asistenciales; lugares donde no era para nada habitual que se presentaran figuras tan encumbradas. La gente, no solamente la prensa, fue la que comenzó a llamar a Diana primeramente "lady Di", como un diminutivo cariñoso que habla bien a las claras del afecto que sentía por ella. Pero luego aquel cariño creció y creció, hasta que ella recibió otro nombre, fruto de la admiración y el genuino amor que despertaba entre aquellos que otros aristócratas consideraban simplemente "plebeyos" o "súbditos". Diana comenzó a ser conocida como "la princesa del pueblo" y seguiría siéndolo más allá de la muerte, cuando algunos pocos que la aborrecieron, la envidiaron o simplemente la ignoraron, debieron morderse en privado los labios al ver cuánto amor su memoria conservaba en el seno de la gente común, inclusive en nuestro tiempo.

La dolorosa separación del príncipe Carlos

Pero, como ya mencionamos antes, no todo es bello en la vida de una princesa. Mientras la popularidad de Diana crecía y crecía, lo mismo que sus hijos, en el hogar las relaciones con su real esposo iban de mal en peor. La oculta relación del príncipe de Gales con su antigua amante era comentada como un hecho presente, no del pasado, y a partir de 1986 la misma prensa que había celebrado la unión de los príncipes rumoreaba que las crisis de la pareja eran cada vez más frecuentes y de tono más subido, aunque cuidando su imagen la casa real hiciera cuanto le era posible por desmentirlas y ocultarlas. Empero, había acontecimientos y hechos concretos que resultaban imposibles de esconder debajo de la alfombra palaciega, como los cada vez más seguidos períodos que los esposos pasaban uno lejos del otro, atribuyéndolos a obligaciones y compromisos formales, propios de sus investiduras –la agenda normal de los esposos incluía más de medio millar de ceremonias oficiales al año–, mientras se esparcía el rumor de que Diana compartía un oculto amorío con su profesor de equitación...

La crisis de la pareja era inminente y estalló en mayo de 1992, cuando se separaron de hecho, meses después de que el primer ministro británico, John Major, anunciara dicha separación ante la Cámara de los Comunes. La prensa se dividió en dos bandos, lloviendo desde sus páginas argumentaciones, suposiciones, noticias y versiones no confirmadas a favor y en contra de cada uno de los ex esposos. Finalmente, el tiro de gracia lo dio el anuncio formal del divorcio, efectuado el 29 de febrero de 1996, con un enorme y comentado escándalo entre los medios informativos de todo el mundo.

A partir de aquel momento, Diana perdió el título de Alteza Real, pero recibió una millonaria pensión como ex princesa de Gales.

Sola por el mundo, amada por casi todos: la "princesa del pueblo"

Uno de los rumores que parecía tener mayor asidero, de entre todos los que circulaban sobre la personalidad de la ex princesa, era su inestabilidad emocional, su bulimia –confesada por ella en una incisiva entrevista televisiva– su sufrimiento por el abandono al que la había sometido su ex esposo en los últimos años de su tronchado matrimonio y, a partir de su separación definitiva, también tomó cuerpo y sustancia todo lo referido a las nuevas compañías amorosas de la "princesa del pueblo", como seguía llamándola la gente.

En los pocos años que siguieron se le atribuyeron romances con diversas personas, entre ellas Barry Mannakke, Philip Dunne, Oliver Hoare y James Hewitt, además del cardiólogo paquistaní Hasnat Khan, a quien, se aseguraba, la unía una intensa relación, en el curso de la cual ella lo llamaba el "señor Maravilloso". Hasta se rumoreó que estarían por casarse. Sin embargo, la última de sus relaciones amorosas sería el multimillonario Dodi Al-Fayed.

El amor, en el final

Riquísimo desde la cuna, Dodi era hijo de un magnate egipcio, Mohamed Al-Fayed, un poderoso inversor que para cuando su heredero comenzó su sonado romance con Diana ya era dueño de dos íconos británicos, los grandes almacenes Harrods y el Fulham Football Club, además de propietario del Hotel Ritz de París y cabeza ejecutiva de un sinúmero de compañías comerciales. Antes de acercarse íntimamente a lady Di, Al-Fayed había tenido una relación amorosa, muy publicitada, con la estrella estadounidense Barbra Streisand, pero nada superaría la notoriedad que le brindaron sus fotos periodísticas en compañía de Diana.

Se convirtió en una celebridad de la noche a la mañana y en torno de él, según se prolongaba la relación con la "princesa del pueblo", se tejían miles de conjeturas, dándole credibilidad a la suposición de que, efectivamente, la madre de los dos herederos del trono británico esperaba un tercer hijo, niño que sería del millonario egipcio. Se entiende que, allí donde iban, una nube de fotógrafos los seguía y eran acosados incesantemente por los reporteros. Deseando tener algo de intimidad, la pareja había permanecido –hacia el final de agosto de 1997– más de una semana en el lujoso yate de Dodi. Al bajar a tierra durante una parada en París, sus intenciones eran las de pasar esa noche del 30 de agosto en el Ritz, propiedad del padre del joven, para continuar viaje al día siguiente rumbo a Londres.

Sin embargo, evitar el acoso de la prensa no era algo que pudiera garantizarles ni siquiera su nutrido grupo de guardaespaldas, por lo que decidieron cambiar de rumbo para despistar a los periodistas, dirigiéndose al imponente piso que el potentado tenía en la capital francesa. Para completar la estratagema, primeramente un vehículo engañaría a los noteros y fotógrafos que montaban guardia a las puertas del hotel, saliendo a escape del Ritz a fin de que los hombres de prensa lo siguieran. Detrás, tal como lo planearon, Diana y Dodi saldrían en un Mercedes Benz S280, escondidos en el asiento trasero. Así lo hicieron apenas pasada la medianoche del 31, siendo el conductor Henri Paul, el jefe de la custodia. La ruta trazada hasta el lujoso piso cercano a los Campos Elíseos incluía cruzar el túnel que recorría bajo tierra la Place De l'Alme. Todo iba bien, maravillosamente bien, hasta que el conductor –por causas que nunca fueron claramente establecidas– cambió abruptamente de carril, perdiendo el control del automóvil, que a casi 200 kilómetros por hora embistió fatalmente una de las columnas internas del túnel.

Dodi murió, según dijimos, a la 1.30 de aquel infausto día, mientras que Henri Paul, el chofer, ya estaba muerto cuando las fuerzas policiales y los bomberos franceses lograron sacar su cuerpo de entre los restos retorcidos del Mercedes.

Ella murió a causas de sus gravísimas heridas a las 4 de la mañana. Los fotógrafos que los habían seguido continuaron sacando fotos y más fotos hasta que fueron detenidos.

Nunca antes una princesa fue más llorada por su pueblo y, probablemente, ninguna otra lo será después.

Índice